바람이 모이는 곳

고영애 지음

가나북스

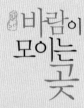

바람이
모이는
곳

발행일 초판 1쇄 2016년 11월 25일

지은이 고영애

펴낸이 배수현

디자인 유재헌

홍 보 배성령

제 작 송재호

펴낸곳 가나북스 www.gnbooks.co.kr

출판등록 제393-2009-12호

전 화 031-408-8811(代)

팩 스 031-501-8811

ISBN 979-11-86562-41-3 03800

고향이 그립다

하루만 살아도 몸에 때가 끼듯, 마음에는 먼지가 들러붙는다. 오염을 말끔히 씻어 줄 청정수는 어디 없는지. 이럴 때 누군가 의 말이 떠올랐다. 그 해답은 미래가 아니라 과거에 있다고. 그 것은 '유년과 고향' 이라고.

과거로 돌아갈 수는 없지만, 가끔 추억하는 것으로 쉼을 얻으면 어떨까.

고향과 유년시절은 우리의 영원한 안식처다. 잠시 잠깐씩만 돌아보아도 쉼과 힘을 준다. 언제나 변함없이 나를 맞아주는 어머니이다. 영원히 바뀔 수 없는 유년 시절이 있고, 다른 곳은 다 변해도 그곳만은 그대로이길 바라는 이기심이 생기게 하는 곳이다. 그곳에 다녀왔다. 그러나 거기에 내 고향은 없었다.

내 고향은 섬이다. 가봤든 안 가봤든 누구나 다 아는, 하필이면 제주도다. 사람들의 시선을 많이 받는 곳이라 펼쳐놓고 공감하기는 좋은 곳이다. 역으로 말하면 자칫, 진짜 소중한 것들이 그 공감대에 끼지 못해 영영 사라지는 것도 있을 수 있다는 것이다.

섬 안에서 살 때는 섬 안의 것들이 얼마나 귀하고 소중한 것인지를 알지 못했다. 아무리 아름다운 명화라도 너무 가까운 데서 보면 그 아름다움을 제대로 보지 못하듯. 고향을 떠난 후에도 오래도록 귀중한 보물을 잃어 버렸다는 것을 깨닫지 못했었다. 그러다 까닭모를 상실감에 우울해하다가 문득 제주에 대한 글들을 찾아 읽으면서 그 상실감이 향수병임을 알아차렸다. 눈 한번 감았다 뜨면 갈 수 있는 곳을 두고 무슨 향수병?

내가 앓는 것은 과거 내가 알고 있던, 내가 자라던 시절의 흔적에 대한 향수병이다.

제주가 변했다. 무더기로 돈을 들고 들어오는 중국인들이 땅을 사들이고, 개발하는 곳곳마다 그들에 의해 섬의 태고적 모습들이 파헤쳐지고 있었다. 맑고 청정하던 섬은 싸구려 관광객들이 흘린 흔적들로 인해 무서울 정도로 빠르게 본래의 모습을 잃어가는 중이었다. 추억을 되새김질 하러 갔던 섬은 향수병을 달래게 하는 대신 위기감에 몸을 떨게 한다. 그럼에도 대부분의 사람들은 마치 부푼 사탕과자를 입에 문 듯 아직은 미래를 걱정하지 않는다.

이대로 가면 섬은 어떻게 될까. 천혜의 자연 경관은 누군가의 소유물이 되고, 오래도록 유지 되어 오던 제주만의 풍습과 우리가 살던 모습은 흔적만 남거나 아예 사라질 것이다. 운이 좋으면 역사 유물로나마 보존되기도 하겠지만, 그렇지 않은 더 많은 것들은 영원히 사라지겠지 하는 걱정은 너무 앞서 간 것일까.

섬의 이런 속 아픈 이야기는 다 제쳐두고, 섬에 대해서는 오직 아름다운 자연을 배경으로 한 맛집·숙박·추천 여행지 등에 대한 정보만 차고 넘친다. 그런 정보들을 보면 제주는 마치 거대한 테마파크 같다. 비릿한 냄새에 호미를 든 채 고개를 틀게 하던 유채 꽃밭은 사진 촬영소가 되고, 생활 노동자로서의 묵직하던 해녀의 삶은 바다의 신비를 캐는 문화 콘텐츠로 변질되어 가고 있다. 온통 외지인의 호기심을 자극하는 볼거리·먹을거리 등에 대한 정보를 쏟아내면서 관광 제주로서의 면모만을 부각시킨다. 먼데서 보면 마치 부글부글 끓는 거품 같은 느낌이 든다. 여기에서 제주의 가치, 제주가 제주일 수 있는 진정한 의미를 찾을 수 있을까.

나는 나와 형제들, 이웃들이 살아 왔던 모습을 되새김 하면서 나도 모르게 웃음을 짓는다. 거기에서 마음이 편안해지는 쉼을 얻는다. 그러나 우리들이 살던 모습이 점차 사라지고 있다. 그런데 기록조차 하지 않으면 먼 후일 우리 삶의 풍경은 영영 잊혀 질 것이다.

내가 알고 있던 그 마을이 정말 거기에 있었을까.

기억 속엔 선명하지만 마치 꿈을 꾸고 난 후처럼 모든 것이 사라진 곳,

바닷가 언덕위의 조그만 마을에 살던 사람들.

그들이 삶을 꾸려가던 집과 수수한 마당과

멍석위에 펼쳐놓고 까먹던 보말과 소라와 오분자기.

화덕위에서 익어가던 물오른 오징어와 밤 깊은 이야기들.

반딧불이가 불을 켜기도 전 와르르 와르르 쏟아져 내리던 별들.

모두가 사라졌다. 삶의 한 시기가 예고도 없이 갑자기 끝난 것처럼,

추억을 추스를 틈도 없이,

단 한 번도 존재 하지 않았던 것처럼!

〈본문중에서〉

이 글에서는 여행정보나 맛집 같은 정보는 단 한 줄도 없다. 그저 우리가 살았던 모습, 유년기와 청소년기의 나와 내 주변 사람들의 진한 삶의 모습을 제주의 풍경(돌과 바람과 오름과 올레…등)과 풍습(육지와는 사뭇 다른)을 배경으로 에피소드 형식으로 조곤조곤 풀어냈다. 이 이야기를 들으면서 때로는 유년을 생각하고, 때로는 고향과 어머니를 생각하며 나와 같이 쉼을 얻기를 바란다. 그리고 좀 더 행복해지기를.

그러면서 제주를 가게 되는 일이 있거나 혹 생각이나마 하게 된다면, 한 번 쯤 섬의 옛 풍경을 떠올려 봐 줬으면 한다. 그리고 지금의 제주를.

제주가 진짜 지키고 보존하고 내림해야 할 것들이 무엇인지.

제주도는 나만이 아닌 우리 모두의 자산이니까.

감사합니다.

제 **04**장 우리만의 특별한 이야기 | 165

제 **05**장 팽나무 이야기 | 223

제 **01** 장

제주가 사라지고 있다

제주가 고향이어서
나는 슬프다

봉자의 친정아버지가 돌아가셨다.

안타깝지만 우리는 그녀를 따라 제주까지는 가지 못했다.

3일장을 치르고도 일주일을 더 있다 온 그녀를 만나 우리는 늦은 위로를 전하는 시간을 갖는다. 고향소식도 묻고.

물론 워낙 유명한 동네인지라 굳이 듣고 싶지 않아도 거의 매일 듣게 되기는 한다. 하지만 그건 어디까지나 관광지 제주에 대한 이야기일 뿐이다.

그녀의 아버지가 투병하고 돌아가시던 상황 얘기 사이사이 관광지 소식과 같은 얘기가 묻어난다. 오빠가 얼마간의 돈만 주고 가지라던 땅값이 글쎄 20배나 올랐어. 그때 가질 걸 아무 쓸모 없어보여서 욕심 안냈더니.

그래서 아버지는 잘 보내 드렸고?

응, 선산에다 묻어드렸어. 곶자왈 옆에. 그 곶자왈도 할아버지한테서 물려받은 건데 제주시로 이사하면서 아버지가 팔아버린 거야. 그때는 똥값이었지. 근데 그곳으로 올레길이 연결돼서 난리도 아니야.

그럼 화장 안하고, 산담도 안 하겠네.

요새 누가 그거 하겠어요. 옛날이나 그렇지. 아마 산담 쌓는 일 할 줄 아는 사람들도 없을 걸. 이전에 만들어진 산담들은 유물이야 유물! 전 세계를 통틀어 제주에나 있는.

(그러니까 보물이지)

하긴 요새 풀어 놓고 키우는 소나 말들이 있는 것은 아니니까. 근데 만약에 우리가 누워 있는 산소 앞에 소나 말이 한가롭게 풀 뜯고 있으면 굉장히 평화롭다는 생각이 들 것 같지 않니.

49제 때나 내려가겠네. 천도제는?

아니 둘 다 안하기로 하고 무당 불러다 굿했어. 좋은데 가시라고 하는 굿, 그걸 뭐라고 하는지 모르지만. 의외의 대답이다.

(귀양풀이했겠지)라는 생각은 들지만 소리 내어 말하지는 않는다.

근데 그 심방 진짜, 진짜 용합디다. 언니도 모르는 형부의 교통사고를 끄집어내서 기합하게 만들 지를 않나. 언니가 여태까지 모르다가 그제서야 알았다니까. 형부가 사고내서 보상금 물어줬다는 거. 게다가 한 번도 본적 없는 우리 아이나 신랑에 대해서도 훤하게 알더라고. 사실 신랑은…….

시간이 간다. 찻집은 시끄럽고 이 친구의 이야기에 점점 속이 쓰려온다.

자꾸 들썩거리는 고향이야기와, 아버지 명복을 위해 굿판을 벌인 용한 심방 이야기가 정작 돌아가신 아버지를 잊게 한다. 그러다 문득 다시 망인의 이야기를 꺼내 보지만, 어느새 또 풍선처럼 부풀어 오른 땅값이며 집값 얘기, 거기다 하루가 다르게 파헤쳐지는 고향 이야기로 돌아가 있다.

멀리 살면서 나누는 고향 이야기는 속살을 들여다 볼 필요 없는 타인이, 그곳 정보에 민감하게 반응하는 것과 별반 다르지 않다.

해서 고향 이야기는 고향에서 돌아가신 아버지를 순전하게 추모할 수 없게 한다.

땅! 땅! 땅과 멀어지는
제주 사람들

　'대박 터진 제주 부동산' '바다조망, 금싸라기 땅!!' 신문 하단에 하루가 멀다 하고 올라오는 광고의 한 대목이다. 이런 글들을 보면서 섬이 팽창되고 있나 하는 생각에 고개가 자꾸 갸웃거려지곤 했다. 땅이 한정되어 있는 그곳에 어떻게 건물들이 저렇게 수도 없이 들어 설수 있을까 하면서.

　하늘 길에서 보여야 할 흑룡만리 대신 다른 것들이 자리를 차지했다. 건물이 들어섰거나 공사를 하는 곳이다. 무차별적인 난개발과 부동산정책으로 섬이 몸살을 앓고 있다는 방송에서의 뉴스가 떠올라 속이 쓰리다. 마음이 잔뜩 불편해 있는데 옆자리에 앉았던 여자가 창 쪽으로 한껏 고개를 들이밀며 중얼거린다.

"저기다 땅을 사 뒀어야 했는데……"

"제주 시내가 온통 호텔 모텔 등 숙박업소만 있는 것 같다." 내가 왔다고 어릴 때부터 같이 자란 동지 같은 친구들이 모였다. 훈과 희경, 영하와 세형이다. 누구랄 것도 없이 머리는 희끗하고, 두둑하게 나오는 배를 굳이 감추지 않는 중년들이다. 우리는 늙어감에도, 사는 모습이 각자 다름에도 편하고 스스럼없는 관계는 계속 유지하고 있다. 인생의 복이다.

여름 초저녁의 해는 아직도 하늘에 걸려 있다. 아스팔트는 폭염에 이글거리고, 아지랑이 같은 것이 피어오르는 길을 걷는 사람들의 발은 땅에서 떠 보인다. 우리는 섬사람들한테나 유명한 흑돼지 집으로 몰려갔다. 이른 시간이라 그런지 손님은 거의 없다.

"그렇지? 숙박업소가 피시방 세탁소와 함께 제주시 삼다(三多)래. 국세청 사업자 현황자료에 따르면…" 희경이가 답했다.

"관광객과 외지인이 늘어나다 보니까 관련 업종이 많이 생긴 거지." 영하가 덧붙인다.

"그렇겠지? 그럼 그게 돌, 여자, 바람을 제친 건가?" 말을 하며 나는 해안도로를 타고 가는 길에 보았던 수많은 게스트하우스와 펜션들을 떠올렸다. 그러나 그것도 잠깐, 오랜만에 만난

허물없는 친구들과 나누는 술 한잔이 넉넉하고 수다가 푸짐해서 시간가는 줄 모른다.

일단의 관광객들이 대형 버스에서 내려 삼삼오오 어딘가로 몰려간다. 구겨진 반바지 차림에 직직 소리 나게 슬리퍼를 끄는 남자들과 작은 백을 크로스로 맨 조금은 후줄근한 차림의 여자들이다.

"초저가 중국인 관광객들이구만." 세형이가 심드렁하게 말한다. 시간이 지나자 우리가 앉은 식당은 손님들로 꽉 들어차기 시작했다. 시끌시끌해서 목소리를 높여야 말이 들릴 지경이다. 그래도 관광객으로 보이는 팀은 하나도 없어 보인다. 그때까지 먹고 사는 얘기, 아이들 얘기, 오지 못한 친구들 얘기가 한창이다.

"이놈 공부 못하는 게 딱 나 닮은 것 같아 뭐라 할 수가 없네. 그렇다고 뭐 특별히 잘하는 것도 없고, 대책이 없다." 다른 녀석들은 아이들 자랑질에 정신없는데, 세형이는 대 놓고 자식놈을 깐다.

"야, 그렇게 공부 못했어도 너 이렇게 잘 사는 걸 보면 네 아들도 걱정 없다." 영하가 엄지와 검지를 펴들며 장담하듯 말한다. "게다가 이리저리 거대한 기업들이 생기고 있잖냐. 거기에 취직하면 되지. 안 되거든 내게 연락해라. 한 자리정도야 없겠어?"

"어디? 중국 기업들?"

"그래 임마, 도내 청년들을 우선 고용한다 하니까."

"그것들을 어떻게 믿나?" 훈이 술 한 잔을 입에 털어 넣으며 빈정거리듯 말한다. 껍데기 표면에 검은 털 자국이 있는 잘 익은 고기도 한 점 집어간다.

"못 믿을 건 또 뭐 있나? 그렇게 투자가 이루어지면 일자리가 생기는 거고, 그 자리에 우리 아이들이 들어 갈 텐데. 그것도 어마어마하게. 안 그래?" 희경이가 끼어든다. 희경의 막내도 이제 대학 졸업반이다. 취직 걱정을 해야 하는 때다.

"그래서 그렇게들 땅을 파나? 일자리 생기라고? 하여튼 땅을 판다는 게 어떤 의미인지 몰라요 들! 특히 중국놈들한테 파는 거 말이야." 훈이다. 목소리가 높아지는 게 뭔가 분개한 것이 있나 싶다.

"부동산 매입하면 영주권 준다는 것부터가 좀 어이없지. 그것도 그리 썩 많지 않은 금액에 말이야! 물론 돈이 많고 적은 게 문제가 아니라 파는 게 문제라고. 게다가 그들이 땅을 사서 하는 것 좀 봐라! 그냥 무조건 개발이야. 건물 짓느라 중산간이고 해안이고 다 파헤치느라 정신없다. 섬의 생태환경도 필요 없고, 자연 경관과 어울리는 배치도 필요 없고. 그렇게 그놈들 사유지가 되다 보니, 거기서만 볼 수 있던 경관도 사유화가 되네. 우리가 아무 때나 가던 곳인데, 이젠 들어 갈 수가 없어요." 훈이가 손을 휘휘 내저으며 붉어진 얼굴로 말한다.

"땅을 넘겨주고도 내가 일하는 곳이면 내 땅인 것 같지? 천~만에!"

"허허 그러게."

"일자리? 취직? 처음엔 좋~지. 갖고 있어봐야 뭐 하나 나올

게 없는 땅 넘기는 대신 당장 목돈이 손에 들어오니까. 그런데 그거 아나? 그렇게 야금야금 땅을 넘기고 나면, 소작인과 다를 바 없는 신세가 된다는 거. 땅 없는 농부, 땅 없는 도민이라. 나 참 기가 막혀서 원. 이 상태로 더 가서 그놈들 세가 더 넓어지면 우린 우리도 모르는 사이 폭삭 망할지도 몰라. 바닥으로 싹 다 내 몰린다고. 벌써 그 증상이 보이고 있지 않나?" 훈의 목소리가 리드미컬 하면서도 심각하다. 옆 테이블에 앉은 사람이 술잔을 든 채 고개를 틀며 돌아본다.

"땅을 중국인에게 파는 것도 문제지만, 그런 식으로 개발하도록 허가를 내주는 건 또 뭐냐?" 이번엔 세형이가 장단을 맞춘다. 그도 어느새 얼굴이 불콰해졌다.

"아이 뭘 그렇게까지 비관적으로 얘기해? 중국 사람들이 땅 좀 산 것 가지고. 어차피 우리도 다른 나라가서 땅 사고 투자하잖아." 희경이가 소주잔을 들고 건배를 제의한다. 어쩌다 중국 자본 얘기가 나왔는지 자꾸 그쪽으로 튀면서 목소리가 높아지자, 희경이가 대충 다른 데로 얘기를 돌리려 한다. 그런데 안 된다.

"이런! 그거하고 같냐? 여기는 섬이라고. 딱 요만큼으로 한정되어 있는. 내 몰리면 뒤에는 바당 밖에 없어요. 그리고 한번 생각 좀 해봐라. 우리보다 저 사람들이 가진 땅이 더 많아지면, 우리가 통제 할 수 있겠어? 여기서 살고 있다 한들 땅을 다 내주고도 '여긴 우리 땅이네, 우리의 터전이네' 할 수 있겠냐고?"

"글쎄 말이야, 사실 땅은 사고 팔 수 있어 응! 근데 제주 사람들이 제주 땅과 멀어지는 거, 이건 아니라고 봐!"

"아직은 1%정도 밖에 안 팔렸대. 걱정 말라더구만 뭐." 희경이가 고기 한 점을 가져가며 심드렁하게 말한다.

"지랄! 니네 신랑이 그러디? 언론에서 얘기하던 것도 그보다 많던데? 하여튼 공무원이라는 것 들은⋯⋯." 취기 오를 때가 안 됐는데, 세형이의 발음이 살짝 샌다. 희경이 얼굴이 붉어졌다. 젓가락을 소리 나게 내려놓더니 세형이를 향해 눈을 치켜뜬다. 뭐라고 할 참인데 내가 그녀의 소매 자락을 끌어내렸다.

"야, 솔직히 중국자본 들어와서 저렇게 대규모 투자가 이루어지니까 좋잖아. 고용창출도 일어나고, 요즘 젊은 애들 일자리가 없어 걱정인데."영하가 대신 말을 받는다.

"고용창출 좋아하네. 처음엔 이쪽 눈치도 봐야 되고 인력을 쓰겠지. 그리고 그래야 할 필요성도 있고. 근데 한 번 생각해 봐라. 여기 들어오는 외국인의 8~90%이상이 중국인이다. 그 사람들 대부분 자기네가 소유한 여행사, 교통, 호텔, 숙박 등을 이용하다가 돌아가고 있어. 이대로 놔두면 점점 더 그런 현상이 심해질 테고. 그래도 계속해서 여기 젊은이들을 고용해서 쓸까? 난 아니라고 보네. 조금씩 자기네 본토에서 자국민들을 데려다 쓰기 시작하면서 중요 인력을 다 채우고 나면 종내는 쓰레기 치우는 사람정도나 여기 사람 쓰겠지. 시간이 얼마나 걸리느냐일 뿐이야. 돈 좀 준다고 땅 팔고 중국인 밑에서 일하다 나중엔 쫓겨나는 거야. 암만~!" 훈이의 목소리가 걸걸하니 점점 높아졌다. 마치 내일 당장부터 그리 될 것처럼. 아니 눈앞에서 그런 일이 벌어지고 있는 것처럼 목소리에 분개함이 담겨 있다. 옆에서 듣던 영하가 말을 받는다.

"그래서 뭐, 어쩌라고? 투자 받지 말라고? 안 받으면? 우린 뭐 허구한 날 돈도 안 나오는 땅만 끌어안고 있으면 쌀이 나와 뭐가 나와? 밥은 먹고 살아야 될 거 아냐?"

"야! 우리가 언제 밥 못 먹고 산 적 있냐? 거…" 세형이가 훈이의 의견에 두둔하듯 말을 하려는데 영하가 끊는다.

"뭐? 고스란히 땅 보듬어 안고 저희들 좋아하는 생태환경 보존하면서 손가락이나 빨며 살라고? 지랄들 하시네! 왜! 목가적 풍경을 위해 쟁기 들고 밭도 갈라 하지?" 영하는 영하대로 분기를 터뜨린다. 늘 육지 사람들한테 당해왔던 설움이 내재되어 있다가 드러나는 것 같은 반감이다. 섬사람들은 척박한 땅을 일구느라 편하게 살아 본적이 없다. 외부의 핍박으로 고초를 겪던 설움도 아직 지워지지 못했다. 그런데 그나마 물질의 풍요를 가져 올지도 모를 거대 자본의 투자가 물밀듯 밀려들어오는 이 시점에서 그걸 반대하는 목소리들이 여기저기 들리는 것이 못 마땅하다.

"짜식아, 너 같은 생각을 하는 사람들이 문제야 문제. 돈만 들어오면 다 좋다는!" 훈이가 덧붙이듯이 말을 한다.

"여긴 자본주의 국가야! 내 땅, 내가 돈 많이 준다는 사람들한테 팔고, 산 사람들은 제 꼴리는 대로 개발하겠다는데 뭐가 문제냐? 이러쿵저러쿵 하는 노무새끼들이 이상하지!" 하며 영하가 훈이의 붉게 충혈 된 눈을 쳐다보며 한마디 덧붙인다. "새끼, 땅 한 떼기 없는 주제에!"

"뭐어 어째?" 훈이 벌떡 일어났다. 그 바람에 탁자가 허벅지에 들렸다 내려가며 술병들을 쓰러뜨린다. 와르르 접시가 흩어지고 반찬들이 뒤섞였다.

"거, 조용히 좀 합시다. 여기 당신네들만 있어?" 목소리가 점점 커지자, 힐끗 거리며 몇 번씩 돌아보던 사람이 소리 지른다. 쟁반 들고 다니던 아줌마가 걸레를 들고 달려오고 옆 사람 소리에 다른 자리에 앉았던 사람들도 일제히 돌아본다. 희경이와 나는 모른 척 마주보며 눈만 뻐끔거리고 있다. 세형이가 훈이에게 진정하고 앉으라 성화고, 영하한테는 자식 말 좀 가려하지 하며 한소리 한다.

아무리 적은 돈이라도 원금이란 게 있으면 꼬박꼬박 이자라도 받을 수 있지만, 그 마저도 없으면 먹고 살기 위해 고용인이 돼서 일하다 내쫓으면 쫓겨나야 한다. 한데 원금을 빌려주면 아무리 못 마땅해도 자기네가 나갈지언정 쫓아내지는 못하는 법이다. 우리한테 원금이 뭐냐? 땅이다.

또, 땅을 소유했든 못했든 도민 모두에게 해당되는 원금은 다른 어디에도 없는 자연 환경이다. 생각해봐라 육지에서, 외국에서 이 섬에 오고 싶어 하는 이유가 뭐냐? 설마 네 얼굴 보러 오겠냐? 다른 아무것도 아닌 자연과 생태 환경이잖냐. 그런데 이걸 지키는 건 땅을 가진 사람들이다. 헌데 우리는 거대 중국 자본에 땅을 팔고 있고, 그들은 대규모 개발로 무분별하게 파괴하고 있다. 우리가 같이 즐겨야 할 경관이 사유화가 되고 있다. 섬사람 누구라도 가던 곳이 이제는 갈 수없는 곳, 볼 수 없는 곳이 되어가고 있는 것이다. 물론 이러한 우려는 자국의 기업들에 대해서도 마찬가지다. 자본의 유입 좋지. 그러나 외국자본이 땅을 잠식해 들어간다는 것은 생각해봐야 한다. 결국은 땅 가진 사람이 주인이고, 이곳의 가치를 지키는 건 주인의 의지이기 때문이다. 세형이의 조근 조근한 설명에 밥상머리가 조금은 차분해졌다.

외국 관광객도 골고루 들어와야 되는데, 너무 한 쪽으로만 치우쳐졌다. 이건 분명 문제의 소지를 안고 있는 거다. 특히 중국은 그 거대한 힘을 자국의 이익을 위해서는 거침없이 쓰는 것 같지 않나? 사드배치 문제와 별개라지만 당장 한류문화에 제동이 걸리고 있는 걸 봐라. 하나를 보면 열을 알 수 있다고 했다. 이곳에 자본을 갖고 들어와 힘이 커지면, 우리는 분명 통제하기 힘들어질 수도 있다. 그래서 땅은 그들에게 팔면 안 되는 거다.

또한, 자연 속에서 힐링 하러 왔는데 사람은 북적거리고, 한라산과 오름은 건물에 가리고, 쓰레기는 넘치고, 가는 곳마다 온통 중국인들과 그들이 일으키는 크고 작은 사건들이 생기고, 아무래도 이건 아니라고 본다.

훈이는 세형이가 하는 말에 고개를 끄덕거리며 고럼! 고럼! 하면서 술을 털어 넣는다.

"그리고 우리도 그 자연 경관과 생태적 환경을 땅의 소유와 상관없이 누릴 권리가 있다고!"

"권리는 무슨, 자본주의 국가에서, 자본의 논리에 의해 사는 거지. 내 땅에 발 들여 놓지 말라는 데, 들여 놓으려는 게 더 이상하지."

"이 사람아! 아무리 자본주의 논리가 지배하는 세상이라 해
도 돈 가진 사람이 모든 것에 대해 마음대로 할 권리는 없어,
그러면 국가나 법이 왜 필요하겠나? 더구나 이 섬의 자연 환경
은 공공재야. 국가에서 보호해줘야 하는 거라고!" 세형이가 답
답한지 소리 지르듯 설명한다. 옆 테이블 사람이 또 돌아보며
아이구 저 화상들! 하는 표정을 짓는다.

"어쨌든, 아무리 그래도 투자는 더 이루어 져야 돼!" 영하의
목소리가 강경하다. "사람들이 더 들어와야 되고 더 북적거려
야 한다고. 근데 사람들이 그렇게 왕창 들어왔는데 잘 데가 없
어! 근데도 더 안 지으면?" 영하가 반박한다. 중국자본이 들어
오는 건 우리에게 이익이면 이익이지 손해는 아니라고!!

"야야 세형아 관둬라! 저 무식한 놈한테 설명 해봐야 입만 아
프다."

"뭐? 너 지금 뭐라 그랬냐?" 영하의 얼굴이 험악해졌다.

"건축업 하더니 중국 놈들 덕에 돈 좀 버나 보네. 말하는 꼬
라지하고는. 짱꼴라 새끼!"

눈 깜짝 할 사이 영하가 맞은편의 훈의 멱살을 잡고 끌어당
겼다. 동시에 세형이 일어나며 둘 사이에 팔을 집어넣는다. 술
병과 반찬그릇들이 뒤섞이며 탁자 밖으로 떨어지고 의자가 뒤
로 밀쳐지며 뒷자리에 앉은 사람의 팔꿈치를 치고 쓰러진다.
그 사람이 일어나더니 뒤에 있는 영하의 뒷덜미를 잡아당겼고,
목덜미를 잡힌 훈이 같이 끌리며 탁자위로 엎어진다. 탁자가
훈의 쓰러지는 힘에 밀리며 와르르 남은 술잔과 접시들을 바닥

으로 쏟아낸다. 둘 사이에 낀 세형이가 비틀거리다 자신이 앉았던 의자를 밀치며 뒤로 나동그라진다. 우리가 앉았던 자리가 순식간에 아수라장이 되면서 고성이 오가는 사이 나와 희경이는 가방을 챙겨들고 황급히 식당을 빠져나왔다.

무엇을 지키고
싶은 건가요?

"야, 나 어제 들어오다 웃기는 거 봤어!"

"뭘?"

"화려한 곳은 아닌데 호텔 옆 벽면에 길게 현수막이 바람에 흩날리고 있더라고. 뭔가 하고 봤더니 글쎄, '우리는 중국자본 이 아닙니다.' 뭐 이런 비슷한 문구가 쓰여 있는 거야. 웃기긴 한데 마음이 좀 그렇더라."

"그게 뭐 대수라고, 그런 현수막 내다 건 곳이 한두 군데도 아니고…"

"그래…!"

집안 행사가 있어 사촌과 조카들까지 전부 모였다. 인원이 워낙 많다보니 한자리에 다 앉을 수 없어 상 하나씩 차지하고 보니 또래끼리 앉아 수다들을 떤다. 이모네와 삼촌네는 당신들끼리, 조카는 조카들끼리, 사촌은 사촌들끼리다. 뭐 여기저기 왔다갔다 섞이며 술잔을 채워주고 가는 기특한 조카 녀석도 있다. 며느리들이 음식쟁반을 들고 분주히 왔다 갔다 한다. 이런 날은 죄 없는 며느리들만 생고생이다.

"누나, 나 이번에 가게 임대료 얼마나 올랐는지 알아?" 사촌 중 제일 막내 치훈이가 얼굴이 붉어진 채 취한 듯한 목소리로 말했다.

"얼마나 올랐는데?"

"40%, 안 그래도 손님 없어 죽을 지경인데…"

"올해 재계약이었어? 근데 한꺼번에 너무 많이 올렸네, 같은 동네 사람끼리 왜 그런다니?" 다른 사촌들은 다 알고 있는 모양이다.

"건물이 중국인으로 바뀌었어, 그러자 대뜸 임대료를 올리겠다고 진작에 통보하더라고, 못 내겠으면 나가라는 거지. 근데 나 얼마 전에 몇 천 들여서 인테리어 새로 했다고, 근데 어떻게 나가, 권리금은 또 어떡하고?"

"문제는 얘네 만이 아니야." 조용히 듣고 있던 상훈이가 입을 연다. "중국인들이 건물을 사들이고는 세입자들을 쫓아내기 위해 별짓을 다해."

"맞아요, 친구동생이 저기 바오젠 거리에서 화장품 가게를 했었는데, 정말 기도 안차서⋯⋯" 언제부터 있었는지 조카며느리가 끼어들었다. "자동 이체하던 임대료가 안 빠져 나가서 주인에게 전화를 했더니 전화를 안 받더라는 거예요. 임대료는 자꾸 밀리고 안 되겠다 싶어서 은행가서 직접 이체 하려고 알아보니까 글쎄, 없는 계좌라지 뭐예요?"조카며느리가 목이 마른지 맥주를 한 모금 들이킨다. 허~ 맹랑한 녀석!

임대료를 내지 못하고 몇 달이 흐른 뒤 계약 해지 통보가 왔다. 이유는 임대료를 안냈기 때문에 강제 해약한다는 것이었다. 어찌된 일인지 사정을 알고 보니 원래 건물주는 중국인한테 건물을 팔고 난 뒤 신경을 쓰지 않았고, 새 주인은 일부러 월세를 받지 않았던 것이다. 임차인들을 내쫓고 직접 중국 관광객을 상대로 하는 가게를 하기 위해서였다. 해서 그 임차인은 너무 억울하다고 소송을 냈지만 패소했고 강제 퇴거 당했다. 항소한다고 하는데 어떻게 될지는 모르겠지만 그러는 사이 가게는 엉망이 됐고, 손님들은 다 끊겼다. 그 건물에 입주했던 다른 임차인들은 주인의 이런 행태에 넌더리를 내고 결국 다들 다른 데로 떠나갔다. 이러한 조카의 이야기를 듣던 막내가 히유~ 하고 한숨을 쉰다.

"규제 좀 한다더니⋯ 안하나?" 내가 물었다.

"글쎄, 어쨌든 중국인의 소유인 땅과 건물이 계속 늘어나고 있는 것 같기는 해. 언론에서 발표하는 것 보니까 건물이 2016년 6월 기준으로 2070동이 넘었다는 것 같았어."오빠가 말했다.

"무차별 사 들이다 보니까 가격이 높게 형성되고 그게 임대료 폭등으로 연결돼."

"그럼, 그 피해는 고스란히 임차인들에게 가겠네? 거기 세 들어 장사하는 사람들은 대체로 영세업자일 테고." 동생도 그 피해자 중의 하나라고 우리는 입을 모은다.

"근데 오라방, 저기 로데오 거리를 '바오젠'으로 바꿨더라? 우리 젊을 때 고삐 풀린 망아지처럼 돌아다니던 곳인데…."

"그러게, 많이 쏘다니던 곳이긴 하지, 거기서 만난 여자가…" 오빠가 말을 하려다 주변을 보며 끙 하고 입을 다문다.

"큭, 올케는 아니지? 왠지 나도 알 것 같은 데에~! 근데 그 거리 이름 중국 다단계 업체 이름이라며?"

"그래 그곳 직원 만 여명이 넘게 한 번에 놀러와 줬다고 거리 이름을 그렇게 바꿨지. 도민들이 고맙다고 지자체에다 그렇게 하자고 건의해서 했다는데, 진짜 그런지는 모르겠는 걸." 오빠가 피식 하는 웃음소리를 낸다.

"제주도가 중국령인 것 같아." 영미가 말했다. "중국 이름 붙여주고, 땅 내주고, 건물도 내주고……. 관광지에서 엄마랑 같이 여행 온 아이가 묻더랍니다. '우리 온데가 중국이냐'고. 가는 곳마다 온통 중국말로 떠드는 소리뿐이니."

오랜만에 만난 식구들이 다른 얘기는 다 두고 외국 자본의 횡포에 대한 얘기로 머리가 아프다. 정확히 말하면, 중국 자본에 의해 벼랑으로 몰리는 사람들의 일이 남의 일 같지 않아 속이 터지는 얘기뿐이다. 어쩌다 이렇게 됐을까.

"저가 관광객은 돈 안 받는 곳만 돌아다닌데! 수목원이나 용두암, 도깨비도로 같은… 좀 너무하지 않아요?"

"그러게. 나 그 말 듣고 진짜 어이가 없더라." 내가 대답했다. "그럴 거면 여기 뭐 하러 오지?"

"쇼핑! 자국에서 인기 있는 화장품이나 뭐 그런 거 잔뜩 사간다지? 근데 그게 또 자국인이 운영하는 가게들만 돌아다닌다니까!"

"맞아요!" 조카가 목소리를 높인다.

"갈 때까지 순 자국민 소유의 시설물만 이용하려 드니까 중국인들도 기를 쓰고 건물이나 땅을 매입하려는 거 아니겠어? 여기 오는 외국 관광객의 8~90% 이상이 중국인이니까 자국민만 상대해도 장사가 되겠거든."

"그러니까, 우린 그들이 싸고 간 똥만 치우는 거야, 누나!"

"우리도 나가 보면 돈 많이 안들이고 놀다 오려 하잖아! 그거 생각하면 이해가 전혀 안 되는 건 아닌데……"

"아니지, 이건 어떤 형태의 소비이냐가 문제지. 그들이 아무리 돈을 아껴도 우리가 차린 밥상에서 밥을 먹는다면 푼돈이라도 우리한테 떨어지지만, 그렇지 않으면 그야말로 쓰레기나 처리하는 꼴이 되거든. 우리는!"

"그러니까 문제는, 섬의 땅과 건물을 그들이 소유 할 수 있도록 한 정책에 있어, 무차별 받아들이는 싸구려 단체 관광도 문제고!",

막내의 목소리가 높아졌다."

수많은 반목을 일으키고, 반대를 무릅쓰며 강정에 해군기지를 세웠다. 이러저러한 많은 이유가 있지만, 그 중에서도 비바리들의 꿈의 섬 이어도 해역을 방어하기 위해서다. 일본과 특히 중국으로부터.

그곳에선 오늘도 철통같이 바다를 지키기 위해 먼 바다를 응시하고 있을 것이다. 그런데 뒤에서는 돈을 보따리로 싸들고 오는 중국인들이 섬사람들의 삶의 터전을 야금야금 점령해가고 있는 중이다.

돈은 첨단 무기보다 힘이 더 세다.

그것이 어딘가에는
있을 것이다

중국 사람들이 부를 이루면서 가장 먼저 되살린 것 중 하나는 그들만의 독특한 전통문화이다. 전통문화 유산은 지역주민들의 정체성을 강화하는 매개로 작용하여 지역사회의 안정과 화합을 도모하고, 사회적 안정과 통합을 추구하는 구심점이 될 수 있기 때문이다. 또한 전통문화는 민간 문화의 보호와 전승이라는 차원을 넘어 문화산업의 개발과 활성화라는 측면에서 중국정부가 적극 개입하는 것과도 관련이 있다.

－김영구·장호준의 『중국문화산책』 중에서 －

"오라방, 혹시 장례식 날 장지에서 내려 올 때 빈 상여에 다른 사람을 태우고 내려오면서 하던 사또놀이 기억해?"

"어, 기억하지. 80년대까지는 했었으니까."

"흠, 마지막 사또가 친구 신랑이었는데…. 한번 안하기 시작하니까 그대로 영 없어져버리네."

"그러게…"

오빠가 그때가 생각난 듯 생각이 깊어진 얼굴을 한다. 그는 내 외가인 주상절리가 아름다운 곳에서 나고 자랐다. 대학에 다니는 동안도 섬을 떠난 적이 없는 그에게는 섬의 모든 것들이 몸을 이루는 수 십 억 개의 세포와 같다. 해서 섬은 곧 그이기도 하다. 이 섬사람 대부분이 그렇다.

비록 멀리 떨어져 있지만 나는 그를 통해 친인척의 모든 소식과 섬의 다른 소식들을 듣는다. 매체가 아닌 오직 그를 통했을 때만이 섬과 연결된 나의 오감은 비로소 생생해진다.

시간이 갈수록 섬의 소식을 전하는 그의 목소리는 복잡하게 변해갔다. 아쉬움에서 분노로, 분노에서 쓸쓸함으로 감정이 잔뜩 베어든 목소리는 변화무쌍했다. 그건 툭 하면 쏘다니던 해안도로 창 넓은 찻집에 앉은 오늘도 마찬가지이다. 사촌 오빠와 동생 둘, 그리고 조카 두 놈이 다시 모였다.

"오라방! 웬만하면 즐거운 표정 좀 짓지?" 하자, 웃는데 표정이 일그러진 모습이다.

"사또 놀이가 뭐예요 고모?" 서른 살 다 되어가는 조카가 묻는다.

"봐봐, 벌써 애네만 해도 모르네."

"어쩌겠냐? 세상이 그렇게 변해 가는데. 새삼스레 상여매고 장례 치를 일이 있지 않은 이상 어쩔 수 없지…"

"뭐냐니까 글쎄!" 조카가 재촉한다.

"장례식 때 예전에는 장지까지 상여 매고 갔었어. 네 조부모 돌아가실 때도, 젊은 나이에 돌아가신 네 고모 장례 때도 갈 때는 상여위에 상두꾼이 올라가서 노래를 부르면서 사람들을 이끌고 가. …가만, 그걸 창이라고 해야 되나? 나는 사촌들 쪽을 바라봤다.

"그냥, 상여소리."

"그래, 그렇게 소리를 하면서 가는데, 영장을 치르고 나면 올 때는 빈 상여잖아. 그래서 마을 사람들이 산을 내려 올 때는 누구 한 사람을 지정해서 사또라 칭하고, 사또 행장을 갖추게 한 다음 상여위에 태워서 왔어. '사또님 행차요~~!! 하면서. 사또는 사또답게 상두꾼들을 부리면서 호령하고, 우리는 '아이구 사또님!' 하면서 모시고 웃고 떠들고 춤추면서 내려오거든."

"그랬지, 마지막 사또가 친구 신랑이어서 그렇게 노는 걸 보고 얼마나 재미있었는지. 사또 부인이 된 친구를 가마에 태워 동네 한 바퀴 돌고는 그 집에서 음식을 만들어 잔치를 했어. 그럴 때는 동네에 한 명씩 있는 익살꾼들 덕에 더 한바탕 웃게 돼. 그죠?"

"……?"

질문했던 조카는 도무지 이해가 안가는 모양이다. 그건 다른 조카도 마찬가지다. 그런 조카들의 표정이 재미있어 우리는 서로를 보면서 웃는다.

"그러니까, 장례식 날 돌아가신 분을 산에 묻고 돌아오면서 웃고 떠들고 춤추면서 왔다고? 유족들은 울고 정신없는데?"

"응." 오빠가 설명한다.

"요즘 사람들은 이해가 좀 안갈 수도 있겠는데, 예전에는 관혼상제를 치를 때 온 동네 사람들이 도와주지 않으면 하지 못했었잖아? 장날도 마찬가지야. 영장 치르기 위해 친 인척은 물론 온 동네 사람들이 거의 장지까지 같이 가주는 게 있었어, 그러면 유족측은 할 수 있는 정성을 다해 장지까지 와 준 사람들한테 대접하고. 뭐 이런 것까진 너도 어느 정도 알지?"

오빠는 조카의 얼굴을 빠끔히 쳐다보며 말한다.

"오래전부터 내려왔던 사또놀이가 무슨 의미인지는 정확히 모르겠지만, 아마 시대에 따라 조금씩 달라지지 않았을까 하는 생각은 든다. 그 중에서도 같이 동고동락하던 사람이 빠진 허전함을 웃음으로 달래고자 했던 마음이 가장 크지 싶다. 모여서 놀이를 즐기다보면 싸웠던 사람들끼리도 화해하고, 그 과정에서 마을에 활력도 생기고, 주민들의 공동체가 강화되는 역할도 했지. 지금 생각해보면 참 여러 의미가 있는 놀이였어. 헌데 안한지 오래 됐네." 오빠가 하는 말이 전부 과거형이다.

"음, 그런 의미를 갖고 마을 사람들 전체가 참여하는 일이라면 재미있었겠어요."

"그랬지. 그런데 지금은 세상이 변해서 돈만 있으면 뭐든 다 해주는 사람들도 있고, 또 다들 바쁘다고 빠지고……. 나도 그런데 뭐." 미련과 아쉬움과 서운함과 미안함 등이 미묘하게 섞이 복잡한 목소리다 어제 오늘 이틀 동안 친구와 조카들을 번갈아 가며 예전에 다녔던 곳과 몇 군데의 테마파크에 다녀왔다. 그곳들을 다니면서 즐거웠다. 즐길 것이 참 다양해졌다는 생각과 그것들을 즐기는 사람들을 보면서다. 그러나 테마파크 어디에도 섬사람의 것이라고 할 수 있는 것들은 보이지 않았다. 내가 놓치고 못 봤을 수도 있겠다. 하지만 없는 거라면?

섬에서 진짜 봐야 하는 것 중 하나는 눈에 보이지 않는 무형의 유산이다. 섬사람들이 척박한 땅을 일구면서 살아 내는 동안 뿌리내렸던 전통. 사람들 간의 화합과 안정을 도모하던 공동체적 행위와 그 산물이다.

"장례 때 상여를 사용하고 상여소리 하는 것은 전국 어디에나 있는 장례문화인데, 사또놀이는 이 섬에서도 아마 니네 동네를 포함해서 몇 군데 밖에 없었을 걸!" 하고 내가 덧붙였다.

전국 어디에든 각 지역에는 그 지방만의 독특한 정서와 전통이 있다. 그중에서도 제주는 육지와 오랫동안 유리되거나 핍박받은 역사가 있다. 그래서인지 공동체 의식이 강하고 말(언어)과 함께 생활전통이 독특하거나 확연히 다른 것들이 있다. 척박한 자연 환경을 견디며 살아내야 했던 섬사람들은 자신들끼리 뭉쳐야 했고, 보다 힘이 있다고 생각되어 지는 온갖 신들을 만들어 냈다. 섬사람들의 삶의 원형은 어쩌면 그 신들과의 관계에서 영향을 받았는지 모른다.

신은 자연이고, 자연은 곧 섬사람이기도 하다. 그러한 신과 공동체적 삶을 살았던 섬사람에 대한 이야기는 무수히 많다. 같이 즐기는 가운데 서로의 존재가 있어 삶이 가능해졌음을 알게 하는, 공동체적 전통을 느끼게 해주는 공간이 어딘가에 있을 것이다. 헌데 나는 찾지 못했다.

가뭇없이 사라지거나
뒤틀려가는 제주의 문화

자신과 어울리지 않는 건물들이 쭉쭉 올라가도 한라산은 묵묵하다. 그러한 산을 보며 이번에도 여느 때처럼 자주 오리라 마음먹는다. 하지만 막상 올라 오고나면 뭐가 그리 번잡한지 쉽게 발길이 이어지지 않는다. 그래서인지 마음만은 늘 섬을 향해 있다.

한 때는 시간이 감에 따라 다채롭게 변해가는 섬을 바라보며 좋아했었다. 즐길 문화가 다양해지고 덩달아 풍요로워지는 느낌에 섬의 개발은 꼭 필요하다고 생각했다. 개발이 완성되면 섬은 섬의 가치를 그대로 유지하면서도 섬사람들에겐 삶의 질 향상을 가져다 줄 것이라 믿었다. 아마도 대부분의 사람들은 그렇게 생각했을 것이다. 그런데 섬은 점점 이상하게 변해간다. 개발의 정도가 너무나 벗어나 의도치 않은 낯선 모습이 되어 간다는, 이런 생각을 하는 건 비단 나뿐일까.

가벼운 마음으로 섬에 왔다가도 올라 올 때는 마음이 무겁다. 늘 그 자리에 있어야 할 어머니는 저 쪽으로 밀려나 있거나 안 계시고, 그 자리에 낯선 사람들만이 가득가득 들어찬 느낌. 니껀 여기 없어 하며 밀어내는 느낌이랄까.

말하자면, 우리가 노상 다니던 곳이 사유화가 되면서 발을 들여놔서는 안 되는 곳이 되어, 나중에는 아예 발을 들고 공중 부양 해야 내가 보고 싶은 경관을 볼 수 있을 것 같은 생각이 드는 것이다. 하늘의 빛깔과 구름과 바람에 의해 수없이 달라지는 바다를 보고 싶을 때면 달려가던 곳, 그곳에 어느 날 거대하고 화려한 호텔이 들어서자 누가 막는 것은 아닌데 지레 들어서면 안 될 것 같은 생각에 오랫동안 그 절벽에서 바다를 내려다보지 못했던 것과 같았다. 비용을 지불하며 그 호텔의 시설을 사용하지 않으면 천혜의 그 광경을 너는 볼 자격이 없어라는 말을 들은 것처럼. 그러면서도 이러한 생각을 해야 한다는 것부터가 뭔가 잘못 된, 부당하다는 생각에 짐짓 분해했었다.

아쿠아리움, 그곳의 거대한 수족관 안에서 해녀가 물질 시범을 한다. 잠시잠깐 거기서 보는 해양 동물(바다사자, 돌고래

등)들에 홀렸었지만, 그들의 슬퍼 보이는 눈을 보자 이내 내가 묶인 것처럼 답답해졌다. 그들이 갇힌 곳은 거대하다고는 하나 어떻게도 바다로 나갈 수 없는, 그저 수족관일 뿐이다. 그런 곳, 파도하나 일렁이지 않고 어떤 위험도 미리 차단된 그곳에서 어머니가 공연을 한다. 그 공연을 보며 관객들이 박수를 보낸다. 이 둘을 보는 나의 시선은 불편하고 마음에는 슬픔이 차오른다.

젊었을 적 아주 짧은 동안이었지만, 나의 어머니도 한 때는 해녀였었다. 제주를 떠나 부산인지 목포인지로 원정 물질도 갔었다. 그때의 이야기를 들을 때 나는 어린 아이였지만, 지금도 잊히지 않을 만큼 그 이야기를 하는 어머니에 대한 느낌은 아주 강렬했다.

해녀의 공연을 보며 어머니가 떠올랐다. 해녀의 잠수는 그냥 기술이 아니다. 삶이다. 묵직한 삶. 그 묵직한 삶을 저런 수족관 안에서 뭘 어떻게 보여 주겠다는 것인가. 어머니의 공연을 보며 박수치는 당신은 해녀의 공연을 보면서 기술에 찬탄할 뿐, 거친 바다 속에서의 그 무거운 삶을 이해할 수 있었는지 묻고 싶었다.

저분이 내 어머니라면, 나는 아마 못하게 했을 것이다. 공연은 공연자에게 맡기고 어머니는 바다로 들어가시라. 진정한 해녀의 삶을 보고 싶으면 바다에 오시라. 추운 날이든 더운 날이든 눈보라치는 날이든 와서 그 삶을 보시라 할 것이다. 공연 하고 있는 분이 내 어머니라면.

한 마디 더 붙인다면, 다른 건 몰라도 해녀의 삶을 공연장에서 보는 그런 가벼운 것으로 보지 마시라, 하고 싶었다.

'오늘날 일본에서 건너온 해녀라는 용어가 지배적으로 사용되지만, 역사 민속적으로 잠녀(潛女), 혹은 잠수(潛嫂)가 맞다.'

- 주강현의 『제주기행』에서 -

해녀의 삶은 뒤로 하고 오직 문화요소로만 읽으려 한다는 느낌이 든다. 좀녀를 해녀라고 하니 무슨 인어공주의 사촌 쯤 되는 걸로 생각되는 모양이다.

섬을 돌아다니는 동안 바라는 게 많아졌다. 그것은 섬과는 이질적인 너무 많은 테마파크 대신에 제주의 독특함을 모아 놓고 즐길 수 있는 공간이 많았으면 하는 것이다. 한라산 중턱에 분명 거대 자본이 투입 되었을 성 같은 건물들 대신 이리저리 내몰리다 흔적도 없이 사라져가는 신당들이 보존되어 그들의 이야기가 길이 전해졌으면 하는 것이며, 가뭇없이 사라지려하는 섬의 생활문화와 전통이 다시 살아나 섬사람들의 정체성과 자긍심 그리고 가치가 온전히 보존되었으면 하는 것이다.

자본에 흔들리는 천박함을 경계하며 100년 또는 1,000년이 지나도 청정한 아름다움과 독특한 생활문화와 전통이 그대로 이어지는 섬이 되었으면 좋겠다는 것이다.

제 **02** 장

그때 그 시절은
다시 오지 않겠지만

유리의 성과
베르사이유의 장미

내 생애 최초의 일탈이 시작되었다.

처음 책에 빠져들기 시작한 것은 아마도 초등학교 3, 4학년 쯤이지 않을까. 그때 마을에 처음으로 만화방이 들어왔다. 코 흘리게 수요가 그렇게 많은 곳도 아니었지만 점방 차릴만한 집 들이 없었던 그때의 만화방은 어느 젊은 부부의 집 방 한 칸에 차려졌다. 아버지가 갖고 있는 한문과 일어로만 된 몇 권의 책, 새마을 농민 잡지, 동화책과 전기 몇 권, 그리고 교과서밖에 없 던 우리들에게 만화책 방은 마치 개안 한 것처럼 신세계를 열어주는 곳이었다. 만화속의 이야기는 시골 풀밭에서 뒹굴고 나무타기하며 선머슴같이 놀던 아이에게는 상상조차 못해본 다른 세상, 꿈의 세계였다. 특히 '유리의 성'과 '베르사이유의 장미'등 다양한 순정만화들은 그저 권선징악의 교훈적인 콩쥐팥쥐나 흥부놀부 같은 우리나라 동화와는 비교도 안 될 만큼 놀랍고 신기한 내용들이었다. 상상도 할 수 없었던 이야기 구조와 영국이라는 이색공간에 대한 그림들은 조그만 아이의 상상력을 자극했고 그 안의 인물들이 살아 움직이는 듯한 착각의 시간은 황홀했다.

이후 나는 다양한 만화속의 세계에 급속도로 빨려 들어갔다. 내가 겪거나 보지 못했던 이야기의 힘은 내 머릿속에 다른 세상을 구축하고 그 안에서 살아가는 또 하나의 나를 만들어냈다. 만화책의 내용에 따라 내가 사는 세상이 달라지고 거기서 살아가는 나도 달라졌다. 현실과 비현실의 세계가 오가는 몽롱한 상태, 그러다 현실로 돌아오면 줄줄이 동생들이 꼬리처럼 딸리고, 해야 할 일이 산더미처럼 기다리는 살림 밑천인 큰딸이었다. 이후 나는 만화책을 보기 위해 수단과 방법을 가리지 않게 되었다. 돈도 필요했다.

만화책 볼 수 있는 시간과 비용은 내가 거저 얻을 수 없는 요원한 것이었다. 그러나 보지 않고는 베길 수가 없었다. 초등학교 겨우 4학년짜리가 하지 않고는 못 베기는 것을 만난 것이다. 생애 처음으로, 용돈을 타내기 위한 초유의 노력을 했지만 밥이나 굶지 않으면 다행인 팍팍한 농촌의 살림살이에서 문화

여가를 즐기게 내줄 돈은 없었다.

그래서 내 인생 첫 번째 일탈이 시작됐다. 바로 밑의 동생들은 저 또래 아이들끼리 골목이나 누군가의 집에서 놀게 하고 그 밑의 어린애들은 약간 치매끼가 보이는 할머니에게 맡겼다. 아직은 살림이라고 해봐야 집안 청소나 물 항아리 채우는 것 등이었는데 그건 그냥 나 몰라라 내팽겨 쳤다. 물론 농사일을 마치고 집에 돌아온 어머니가 밥을 하려다 물이 없는 것을 보면 부지깽이를 들고 쫓아 올 일이지만 일단 그건 그때일이다. 그리고 막내를 등에 업고 걸랭이로 질끈 동여맸다. 하지만 그 전에.

할아버지는 아시는지 모르시는지, 아니면 알면서도 모른 척 했는지는 그때도 몰랐고 지금도 모른다. 다만 단 한 번도 할아버지한테 직접 무슨 말이나 추궁을 들은 적은 없다는 것 뿐.

그 인근의 유명한 목수였던 할아버지, 지금으로 말하자면 할아버지는 건축 설계가이자 건축가이다. 우리 동네는 물론 인근 마을사람들도 집을 짓거나 고치거나 할라치면 할아버지한테 의뢰했고, 할아버지는 자기가 설계해서 설계한데로 몇 사람의 인부만을 데리고 집을 지어줬다. 꼼꼼하고 섬세했던 할아버지는 늘 바빴고 전대에는 늘 돈이 있었다. 그리고 그 전대를 어디다 놓는지 나는 알고 있었다.

제주도에서는 피치 못할 상황이 아닌 한 부모와 아들네가 한 집에 살지 않는다. 마당을 사이에 두고 안거리와 밖거리로 나누어 따로 산다. 큰 아들이 장가 들면 자신들이 살던 큰 집을 제사와 함께 물려주고 자신들은 그 옆 보다 작은 집으로 들어 가는 것이다. 한 울타리 안에서 서로를 보살필 수 있는 거리에 살되 고부간이 같은 주방을 사용 할 일은 거의 없다는 뜻이다. 그렇다고 시집살이가 없는 것은 아니나 어쨌든 지금 그 얘기 하려는 것은 아니니까.

약간의 치매끼가 있는 할머니는 우리 집 올레 밖으로 나가는 일이 거의 없다. 할아버지랑 달랑 두 분이서 사는 집 살림이나 겨우 하면서 늘 마당에 나와 해바라기나 할 따름이었다. 그런 할머니한테 동생을 맡겨 정신을 팔게 해놓고는 나는 주저 없이 할아버지 전대가 있는 곳으로 곧장 찾아 들어갔다.

어머니가 뭔가 색다른 반찬을 하게 되면 그걸 들려 할아버지 한테 보내면 나는 할아버지와 함께 앉아 같이 밥을 먹곤 했었 다. 할아버지는 식사 전 하루 일을 마치고 생긴 그 날의 수입을 자신의 담배 값 약간만 남긴 채 궤안의 전대를 꺼내 모아놓는 걸 나는 무심히 봤었다. 그때까지만 해도 할아버지 전대가 나 한테는 무의미한 것이었다.

할아버지 전대는 묵직했다. 지폐와 동전의 질감이 작은 손에 두둑하게 잡혔다. 하지만 그걸 금방 열어젖히지는 못했다. 내 가 지금 하고 있는 짓이 도둑질임을 머리와 가슴이 아는 이상 죄책감으로부터 달아날 수는 없었다. 그리고 할아버지가 알게 되면. 아니 나를 어여뻐 하는 할아버지 보다 어머니가 알게 되 면 나는 죽은 목숨이다.

처음 하는 도둑질은 불안과 두려움과 죄책감이 덩어리가 되

어 나를 짓눌렀다. 하지만 온갖 기대와 설렘과 꿈이 한 덩어리
가 된 만화로부터의 유혹을 나는 도저히 떨쳐 낼 수가 없었다.

한동안은 그렇게 할아버지의 전대에서 슬쩍한 돈으로 보고
싶은 만화들을 모두 볼 수 있었다. 여자애들이 주로 즐겨보는
순정만화는 물론 그 만화책 방에 들여온 모든 만화들을 섭렵해
가기 시작했다.

그러다 문득 의심스러운 생각이 들기 시작했다. 아무리 둔하
다 해도 거의 2,3일에 한 번 씩 없어지는 돈이 비록 크지 않지
만 눈치체지 못 할리 없다는 생각이 든 것이다. 아무리 생각해
도 할아버지는 알면서도 모르는 척 하는 것 같았다. 그러자 살
짝 캥기긴 했어도 그때까지 아무런 내색 않고 할아버지와 맞상
하고 밥 먹을 수 있었던 나는 제 발이 저리듯 불편해지기 시작
했다. 고백해야하나. 그러나 그럴 용기는 없었다. 까딱하면 나
에 대한 할아버지의 사랑을 잃어버릴지도 모르는 상황, 며칠
간 숨죽여 눈치를 보았다. 그동안 공부하는 거라고 거짓말 해
대며 신경 쓰지 않던 집안일도 착실히 했다. 그렇게 며칠이 갔
다. 별일이 생기지 않자 나는 나머지 보지 못한 만화책에 대한
열망이 끓어오르기 시작했다. 그렇다고 다시 할아버지의 돈에
손 댈 수 있는 용기는 없었다. 학교 갔다 오면 책가방을 던져놓
고 청소를 하고 물 항아리를 채우고 동생들을 보면서도 마음은
늘 그쪽으로 가 있었다. 조그만 네모박스 안에 들어 있는 나하
고는 전혀 다른 세상에서의 이야기들.

벽에 걸려 있는 아버지의 바지 주머니에서 딱 한 번 만화방 갈 수 있는 돈을 꺼냈다. 청소하면서, 청소하는 척 하면서, 어차피 집에는 아무도 없지만 누가 보는 것 같아 사방에 눈을 돌려 누가 보는 사람은 없는지 경계하면서 슬쩍,

　도둑이 없는 동네라 대문도 없고, 어디 가면서도 문 한번 잠그는 일 없는 동네에서의 도둑은 언제나 식구들 중 하나인 법이다.

　그날, 오랜만에 만화방에 간 나는 시간 가는 줄 모르고 만화에 빠져 들었다. 시간이 꽤 늦었고 같이 보던 아이들도 하나둘 모두 집으로 돌아갔다. 나도 가야 된다는 생각은 하면서도 요것만, 요것만 하면서 일어서지 못하고 있었다. 주인은 언제나처럼 알아서 보다가 가겠거니 하며 제 할 일 하느라 바빠 있었고,

　무언가 화끈한 것이 등을 훑고 지나는 통증과 함께 머리가 쭈뼛거리는 공포가 일었다. 어머니가 부지깽이를 들고 또 한 번 나를 후려쳤다. 그동안 말을 안 했지만 어머니는 내 행동거지를 살피고 있었던 것이다. 쬐그마한 것이 살살 거짓말을 해대는 것 같고, 돈을 준적이 없는데 수시로 만화방을 들락거리고, 하라는 집안일은 내팽개치고……. 뭔가 있지만 바빠서 벼르고만 있었다. 그런데 오늘도 어둑해져 밭에서 돌아 왔는데, 어린것들은 자기네들끼리 놀고 있고 물 항아리는 비어서 씻기는커녕 밥물 앉힐 것조차 없었다. 분기탱천한 어머니는 짐작한 바가 있어 만화방으로 곧장 찾아왔고, 거기서 넋을 놓은 채 자

기가 가도 모르는 딸을 발견한 것이다.

나는 어머니에게 뒷덜미를 붙잡힌 채 끌려가 그간의 일을 이실직고 할 수밖에 없었다.

그리고 죽도록 맞았다. 할아버지가 달려오고 이웃집에서 내 울음소리를 듣고 달려올 정도로.

그 일이 있고 난 후 만화에 대한 내 마음은 썰물 빠지듯 빠졌지만, 이후 책 읽는 일은 내 일생의 일이 되었다.

산골 아이들이
봄을 지내는 법

봄비소리에 밤새 몸을 뒤척였다. 나무에 물오르는 소리, 타닥거리는 빗방울 소리가 꿈과 꿈 사이에서 이어진다.

4월말, 섬에서 고사리 축제 소식이 들려온다. 그래서일까, 밤새 꾸는 꿈속에서는 내 엄지손가락 보다 굵은 고사리들이 쑥쑥 자라더니, 어느새 나를 내려다본다. 물이 통통 오른 그것들은 앙증맞게 손을 오므린, 나에게 익숙한 그 고사리들이 아니다. 놀란 눈으로 쳐다보는 사이에도 계속 자라는 고사리들은 어느새 꽃의 흔적들을 지우고 온 산을 연두색으로 물들여 간다. 빛이 쏟아지며 고사리들 틈 사이로 갈라지듯 비쳐든다. 밤새먹은 물기에 더해 빛의 자양분이 줄기의 솜털 사이를 비집고 차지게 들어간다. 고사리들의 손이 활짝 펴졌다. 쑥쑥 자란다. 하늘까지 닿을 모양이다.

고사리는 밤새 자란다.

아늑하게 들리던 빗소리에 곤하게 잠들었던 어머니가 우릴 깨운다. 비는 그쳐 있다. 아침 먹은 설거지는 뒤로 미루고 어머니와 동생과 나는 각자 몸에 맞는 구덕을 찾아 포대자루를 구겨 넣었다. 큰 길 위로 나서자 집집마다에서 사람들이 나온다. 부지런한 집은 우리 집만이 아니었다. 일요일이어서 아이들도 하나씩 달려 나온다.

섬의 제사상에는 반드시 섬의 고사리가 올라가야 한다. 그것도 부정 타지 않은 곳에서 자라난 고사리여야 하고 통통하고 실하고 여려야 한다. 해서 자기 집 제사용 고사리는 웬만하면 사지 않고 직접 꺾으러 다녔다. 또한 고사리는 산 밑 사람들에게는 봄 한철 주요 수입원이기도 하다.

지금은 예전과 달리 고사리도 농작물처럼 재배하지만, 예전 제주 고사리는 고사리를 꺾는 섬사람들조차 대놓고 먹기엔 아까울 만큼 비쌌다. 해서 고사리가 더 이상 나지 않을 때까지 내내 산과 들로 나가는 사람들이 많았다.

고사리를 꺾으려면 아침 일찍 나서야 한다. 밤새 물먹은 고사리는 쑥쑥 자라 조그만 늦으면 손이 펴져버릴 수 있다. 그러면 상품가치는 현저히 떨어지는데다 어찌된 일인지 햇빛이 번쩍거릴 때는 눈에 잘 띄지 않는다.

우리 마을은 한라산 중산간에 있지만 늦을수록 고사리를 꺾기 위해서는 좀 더 위로 올라가야 한다.

한 길로 나온 사람들은 각자 제 편한 길을 따라 여러 갈래로 흩어졌다. 2횡단 도로를 통해 한라산 쪽으로 가는 사람들과 내창(川)가를 거쳐 소나무 숲을 지나며 넓은 들을 찾아가는 사람들, 그리고 나도 모르는 어딘가를 거쳐 오르기도 한다.

어떻게 가든 어느 정도 올라가면 덤불로 뒤덮인 들판이 나오고 연이어 숲이 나오고 또 들이 나온다.　고사리 철에는 그 숲과 들에 아이와 노인까지, 여자란 여자들은 모두 모여든 것 같다. 한라산의 중턱들을 뒤덮은 고사리 꺾는 풍경은 가을 벌초하기 위해 한꺼번에 온 산을 덮는 남자들의 모습과 함께 진풍경을 이룬다.

대형마트 야채코너에 가면 다른 채소들과 함께 고사리를 삶아 파는 게 있다. 어디 것인가 궁금해서 자세히 들여다보면 대체로 중국산이다. 중국산이라고 해서 반드시 나쁜 것은 아니지만 먹어보면 물컹거리는 것이 쫄깃한 제주 고사리와 식감이 다르다. 그래서 굳이 제주산이라고 쓰여 진 것을 애써 찾는다. 하지만 보기만 해도 안다. 제주에서 꺾은 고사리일진 모르나 손이 다 펴질 만큼 늙은 고사리들이 많이 섞여있다는 것을.

마을은 새벽빛이 와 보지도 못한 것처럼 뿌연 안개로 뒤 덮였다.

우리는 다른 이웃들과 함께 물꾸럭 동산을 지나 넓은 들이 펼쳐져 있는 곳으로 올라갔다. 어머니는 웬만하면 소나무가 우거진 곳으로 가고 싶어 했다. 하지만 밤새 물먹은 나뭇잎의 이슬이 떨어질 기미가 보이지 않는다.

산 위 너른 들에선 안개가 엷게 퍼진 채 한라산을 가로 막았다. 가시덤불과 작년에 울창하던 억새들이 누렇게 쓰러진 채 덤불을 이룬 틈 사이사이 새로운 싹들이 앞 다퉈 올라와있다. 간혹 커다란 검은 돌들이 묵직하게 눌러 앉았고 그곳에서도 새싹들은 기어이 휘어지며 돋아나 있다. 그 커다란 돌 위에 여분으로 가져온 포대와 도시락 통을 내려놓았다. 그리고 그곳을 거점으로 우리는 사방으로 고사리를 찾아 흩어진다. 그런데 고사리들 보다 먼저 눈에 들어오는 건 삥이이다. 몇 개 뜯어 하얀 속살을 꺼내 입에 넣고 질겅거리자 달짝지근한 맛이 입안에 확 퍼진다. 껌처럼 오래 씹을 수는 없지만 아쉬운 대로 입안에서 놀림 하긴 괜찮다.

"성님, 춘기 어멍은 호꼼 괜찮아지는 거 답수광"

"저리정 가보지 못 했져…, 사는 게 멋 싼디"

"게매,

"춘기 아방이 경 허망시리 갈 중 누게가 알아 시코."

안개에 가려진 사람들이 부지런히 고사리를 꺾으며 점점 시야에서 사라진다. 어머니와 동생이 같이 다니는지 둘 다 보이지 않는다. 보이진 않지만 두런거리는 말소리로 주변에 있음을 안다.

삥이와 들꽃과 덤불들 사이 고사리들이 수북이 올라와 있다.

부지런히 손놀림 하며 한 줌 꺾어 옆구리에 매단 구덕에다 담고, 그것이 차면 도시락통과 같이 놔둔 포대에다 쏟아 놓는다. 내 포대가 반도 차기 전에 어머니 것은 벌써 다 차서 다른 포대에 담기 시작하고 있다.

고사리를 꺾는 중간 중간 돌멩이가 앞에 있으면 일일이 들추면서 다닌다. 그곳엔 아직도 잠에서 깨지 못한 듯 웅크려 있는 주넹이를 잡기 위해서다. 그것들은 사람의 인기척에도 아랑곳없다가 돌을 들춰야 비로소 움직여 풀숲으로 도망간다. 하지만 대체로 돌을 들춘 사람이 더 재빠른 법. 급하게 움직이며 도망가는 녀석의 몸통을 발로 누른 후 머리를 잡고 날카로운 이빨을 뽑아내면 게임 끝이다. 그날도 고사리 꺾는 내내 일일이 돌을 들춰봤지만 그때까지 주넹이는 씨도 안 보인다. 에이씨~

주넹이(지네)는 바짝 말려 한약재로 쓰인다. 굳이 한약방까지 가지 않더라도 허리가 아플 때 주넹이 가루는 직빵이라는 말도 있을 만큼 효험이 있다는 소문이다. 그래서 마을마다 있는 작은 점방에서는 아이들을 통해 주넹이를 사 모으고 시골 아이들은 용돈벌이 삼아 주넹이를 잡으러 다닌다.

눈앞에 있는 커다란 돌을 슬쩍 들추었다. 아주 큰, 대체로 지금까지 봤던 것들보다는 커 보이는 주넹이가 몸을 웅크린 채 꼼짝도 하지 않고 있다. 죽은 건지도 몰라서 가만히 들여다보다가 발로 지그시 몸통을 눌렀다. 그때서야 녀석이 화들짝 놀라며 당황스레 풀숲을 찾는다.

나는 좀 더 발에다 힘을 준 채 머리통을 눌러 잡았다. 머리통이 잡힌 녀석은 수 십 개의 발가락으로 내 손을 휘어 감고 죽을 힘을 다해 압박을 한다. 아마 내 손이 숨통이었다면 나는 숨 막혀 죽었을 것이다. 어쨌거나 지금은, 숨 막혀 죽진 않더라도 방심하면 물려 죽는다. 아니 개고생 한다. 그러니 그전에 머리 양쪽 밖으로 삐져나온 날카로운 송곳니를 뽑아야 한다.

나는 녀석의 머리통을 잡은 왼손에 힘을 더 주고 오른손으로 송곳니 하나를 뽑았다. 그런데 송곳니 뽑히는 순간 녀석이 아 아악! 하고 비명을 지른다. 아니, 비명 지르는 걸 들은 것 같다. 설마, 나는 잠시 망설이다 나머지 하나를 뽑기 위해 손가락을 갖다 대는데 녀석의 발의 힘이 풀린다. 아직도 내 왼손을 감고는 있는데 분명히 힘이 풀렸다. 풀어주기 전까지는 스스로 제 힘을 풀지 않는 게 그 녀석들인데.

남은 한 쪽의 송곳니를 뽑지 못하고 망설이고 있다. 사방을 둘러보니 안개는 거의 걷혔고 사람들은 제 앞의 고사리 꺾느라 여념이 없다. 어머니도 그들처럼 고사리 꺾느라 구부린 등만 보인다. 동생은 그 옆에서 고사리 꺾다가 삥이가 보이면 삥이 뜯어 먹다가 한다. 그들을 무심히 바라보던 나는 손에 감긴 주넹이의 다리를 풀어 풀숲에 놓아 주었다. 녀석의 수 십 개의 빨간 다리와 검은 갑옷 같은 몸통을 한 녀석은 뒤도 안 돌아보고 사라진다. 고맙다는 인사도 없이. 그런데 이가 하나 없어서 제대로 살지는 모르겠다. 아무튼 그 이후 고사리를 꺾더라도 돌을 들추거나 주넹이를 잡는 일은 없었다. 하지만 종종 보이기는 했다. 풀숲이 아닌, 어머니를 따라 갔던 오일장의 약재상 한 귀퉁이, 바짝 말린 채로 열 마리, 스무 마리씩 묶여져 진열되어 있던 것들. 그 때 놓아준 아이도 요런 신세가 된 건 아닌지.

꿈틀대며 살아 움직이는 것을 본지는 오래됐다. 도시생활이라 그런지도 모르지만 아마 개체수도 많이 줄었을 것이다. 몸에 좋거나 돈이 되는 것이면, 뭐든 다 잡아들이는 사람들과 환경의 변화로.

설마 이 지구상에서 아예 멸종 된 건 아니겠지.

안개가 완전히 걷혔다. 멀리 한라산 쪽의 하늘이 선명해졌고 들을 덮은 초록들은 싱싱하다. 들을 지나 아래로 쏠리듯 달려간 돌담들이 바다를 향한다. 수평선이 아스라하다.

어머니들은 여전히 등을 구부리고 있고, 그 굽은 등위로 쏟아지는 봄빛이 두터워진다. 간혹 웃음소리와 부르는 소리로 한라산 중턱은 즐겁고 소란하다.

그녀는
예뻤다

분홍색 비키니에 같은 색 계열의 가운만을 걸친 20대 중반의 여자가 마을로 들어섰다.

중문 천제연 방향으로 가장 끝집에 위치한 양화네 가게와 정원이 아름다운 소박한 성당 사이의 큰길을 지나 마을 안으로 쑥쑥 들어온다. 담배를 파는 허름한 열쇠 집과 우체국과 은행과 버스 정류장이 있는 삼거리까지 들어온 그녀는 이리저리 살피는 것이 무엇을 찾는 듯하다.

그녀가 지나치는 곳마다에 있던 사람들이 모두 휘둥그레진 눈으로 그녀의 뒷모습을 쫓고 있다. 그녀가 보도 블럭보다 한 두 계단 정도 내려간 쌀집을 지나간다. 그러자 그 안에서 수다를 떨던 사람들이 일시에 일어나 문 밖으로 나오며 그녀를 쳐다본다. 동네 할머니들이다.

"아이고오~ 저게 무신거고? 정 헌냥 마을에 내려오민 어떵허여. 아멩 이곳 사람 아니라 물정 모른다지만, 쯧쯧" 그녀는 아랑곳 않고 마침 천제연을 향해 가던 우리를 붙잡고 물어본다.

"저기, 여기 담배 가게 어디 있어요?"

아저씨들이 그녀를 똑바로 쳐다보지는 못하고 곁눈질로, 안경 너머로 안보는 척 보면서 힐끗거린다. 우리도 여태까지 볼 수 없던 놀라운 풍경에 어리둥절하다. 그리고 마치 내 알몸을 드러낸 것처럼 낯 뜨겁고 민망하다.

섬이 온통 바다로 둘러싸였지만, 그리고 아무리 여름이지만, 처녀가 거의 벗다시피 한 수영복 차림으로 바다에 가지는 않는다. 아직은. 해녀들이 물질할 때 입었던 물소중이 정도가 가장 벗은 차림이라고 할까. 그런데 그보다 더 벗은 차림으로 처녀가 마을 안으로 걸어 들어왔다.

그녀는 예뻤다. 미용실에 걸린 커다란 달력에서 방금 빠져 나온 것처럼 예쁘다. 아니 달력 속이 아니면 볼 수 없는 그 아찔한 차림이.

볕에 살짝 그을린 듯한 그녀의 얼굴과 커다란 눈동자가 발랄하다. 발가락 끝에 걸친 듯 신은 조리 슬리퍼 속의 그녀의 발은 앙증맞고, 속이 다 비치는 비치(그야말로)가운 속의 비키니는 손바닥만 하다. 해서 그녀의 가슴골은 깊어 보이고, 가랑이에서 한 뼘도 안 되게 올라간 수영복 팬티가 아슬아슬하다.

지나던 청년들의 호동그라진 눈과 입이 닫혀 질 줄 모른다.

우리의 놀란 눈과 어르신들의 쯧쯧 거리는 소리와 자기한테로 쏠린 모든 시선에 그녀는 당황한다.

"담배 가게는 저어기~" 우리는 그녀가 지나쳐 온 곳을 손가락으로 가리켰다.

"그럼, 슈퍼는?" 그것도 저기, 나는 그녀가 지나쳐 온 양화네 집을 가리킨다.

그녀는 서둘러 되돌아가고 우리도 우리 가던 길을 간다. 사람들은 모두 제 자리로 돌아갔다.

중문 천제연은 우리의 쉼터다. 학교를 다 졸업하고서도 툭하면 그리로 간다. 그늘에 앉아서 육지에서 내려온 것 같은 사람들을 보면서 소근 거린다. '저 남자 돈이 많은가보다야, 저 얼굴에 저런 미인과 다니는 거 보면.' ' 큭 그럼 저 남자는 빈털터리냐? 저 얼굴에 저런 못난이와 다녀서?'

더 내려가면 백사장이 있지만 이렇게 더운 여름에는 오히려 외면한다. 가봐야 그늘은커녕 뜨거운 모래사장 밖에 없는 걸. 이런 더운 날엔 천제연의 숲이 우거진 오솔길의 벤치가 딱 좋다. 상상을 자극하는 폭포의 깊고 푸른 못과 칠 선녀가 내려와 목욕했다는 이야기가 전해지는 곳이다.

가다가 검은 비닐봉지에 뭔가를 담고 쫓아오는 그녀와 나란히 길을 가게 됐다. 남자 친구와 해수욕장에 왔는데 담배와 함께 이것저것 필요해서 사러 나왔다고.

"겨우 요걸 사러 여기까지, 남자 친구한테 시키시지 왜?"

"……해수욕장 나오면 가게가 근처에 있는 줄 알았어요. 가게 찾으며 걷다 보니까 어떻게 거기까지."

중문 해변 쪽으로는 관광개발 중이어서 천제연에서부터 백사장 까지 길은 잘 뚫려 있다. 하지만 아직은 어떠한 관광 시설이나 편의점도 없었다. 그녀는 아마 조금만 더, 조금만 더 하다가 본의 아니게 마을까지 오게 됐을 터이다.

우리는 그녀의 얇은 가운 속으로 보이는 아슬아슬한 뒤태를 보며 같이 백사장에 가 보기로 한다.

그러고 보니 중문 백사장의 모래를 밟아 본지가 오래됐다.

천제연을 지나 밑으로 갈수록 길은 넓고 매끈해졌다. 관광개발이 시행되고 있는지는 모르겠지만 길 위가 특별히 뭐 달라지는 것은 없어 보인다. 그저 한 여름의 뜨거운 열기가 아스팔트 위로 올라와 지글 거릴 뿐이다. 그럼에도 대도시의 여름 열기에 비하면 그건 아무것도 아니라는 걸 그때는 몰랐다.

백사장으로 들어서자 오른 쪽의 콧구멍처럼 뚫린 두 개의 굴은 여전한 모습이다. 모래언덕 뒤쪽으로나 가면 혹시 모를까 그늘이라곤 오직 거기 밖에 없다. 하얀 모래사장이 빛을 뿜듯이 눈이 부시다. 앞서 가던 그녀가 향하는 곳을 보니 그곳엔 몇 개 안되는 파라솔이 널찍널찍하게 자리 잡고 있다. 서로가 서로에게 방해 받기도 방해되기도 싫은 거겠지. 그 몇 개 안되는 파라솔들은 비어 있고 주인들은 모두 파도에 실려 오르락내리락 하며 즐기는 중이다.

그 사이 웃통들을 벗어던진 아이들이 커다란 튜브 두어 개를 나누어 들고 파도와 씨름한다. 동네 어른들은 아침저녁 언제라도 올 수 있는 코 닿는 곳에 살지만 해수욕이나 즐길 만큼 한가하지 않다.

그녀가 향하는 곳을 보니 거기도 파라솔은 비어있다. 그녀를 심부름 시킨 일행은 혼자서 파도를 즐기는 모양이다. 그런데.

"어~ 어? 그쪽으로 가면 안 되는데!…"

우리는 동시에 놀란 눈을 하며 모래사장으로 달려 내려갔다. 파도의 너울을 즐기는 사람하나가 자꾸 왼쪽으로 치우치며 점점 먼데로 나간다. 우리의 놀란 모습이 아이들 눈에도 띄었는지 우리가 가리키는 곳을 쳐다본다. 아이들도 놀랐다. 너울을 타며 즐기는 사람한테 있는 힘을 다해 돌아오라고 손짓한다. 우리 모두가 손짓 한다. 너울을 타던 다른 사람들이 무슨 일인가 쳐다봤다. 손짓이 자기들을 향한 게 아니란 걸 알고는 우리가 가리키는 방향을 본다. 비키니의 그녀가 우리 옆으로 와서섰다.

"무슨 일이예요? 왜 그래요?"

"저곳으로 더 가면 소용돌이치는 곳이에요." 여자가 파랗게 질렸다. 물이 찰랑 거리는 곳까지 내려가서 마구 소리를 지른다. 왼쪽으로 자꾸 멀어지던 사람이 겨우 우리가 손짓하는 것을 발견했다. 아이들 중의 하나가 벌써 구조대를 부르러 갔다. 남자는 비로소 심각한 것을 깨닫고 이쪽으로 헤엄쳐 온다. 그런데 몸이 자꾸 뒤로 밀린다. 해수욕을 하던 모든 사람들이 멈춰서 쳐다본다. 뒤로 끌려가는 남자가 안간힘을 쓰며 앞으로 나오려고하는데 생각대로 되지 않는다. 여자가 미친 듯이 울부짖고 있다. 다른 사람들은 모두 물 밖으로 나오고 남자 두 명이 그 쪽으로 헤엄쳐 간다.

사람들이 둥그렇게 둘러싸고 있는 곳에 비키니의 그녀가 주저앉아 울고 있다. 입으로는 뭐라고 중얼거리는 것 같은데 알아듣지 못하겠다. 모래사장에 반듯하게 뉘인 남자는 이미 실신한 상태이고, 구조대원이 계속 심장 압박을 하며 인공호흡중이다. 싸이렌 소리가 멀리서부터 들리더니 가까이에서 멈췄다. 그에 맞춘 듯 남자가 쿨럭 거리며 입에서 물을 쏟아낸다. 얇은 비치가운과 손바닥만 한 비키니에 가려졌던 그녀의 몸이 온통 모래에 뒤덮였다.

스커트를 팔랑이며
사라지다

　도서관 가는 길이다. 앞서서 계단 올라가는 여학생의 스커트가 허벅지 위에서 아슬아슬하다. 아무리 봐도 교복 같은데 설마 학교에서 저렇게 짧게 입도록 했을까. 그렇다 한들 무슨 상관이랴, 학교도 아닌데. 저 때는 무엇이건 학교에서 금지하는 건 다 해보고 싶은 때다. 그렇다고 잘못되는 건 아무것도 없는데 어른들은 지레 걱정이다. 하기야 우리 때도 어른들은 우리를 보고 혀를 끌끌 차며 '요즘 것들은!' 했었다. 지금은 우리가 아이들을 보며 '요즘 것들은!' 한다.

모르긴 해도 앞에 가는 학생의 교복은 허리춤을 몇 번 돌려 길이를 짧게 했을 것이다. 바짝 올려 진 스커트는 겨우 팬티를 가렸는데 걸음걸이에 따라 팔랑팔랑하는 모습이 나비처럼 발랄하다. 미끈하게 빠진 다리가 젊음을 부러워하는 내 시선을 앗아갔다. 동시에 우리가 입었던 시커먼 교복치마가 떠오른다. '우리도 한때는 발랄하던 시절이 있었어.' 물론 길고 검은 교복으로 그 발랄함을 모두 싸 버린 것 같긴 했었지만, 그럼에도 청춘의 발랄함은 감춰지지 않는 법이지. 그래도 아쉬움은 남아서 혹시나 다시 태어 날 수 있다면 '저 아이처럼 짧은 스커트를 입고 허벅지를 다 드러낸 채 팔랑거리며 (거리를)싸 돌아다녀 보고 싶다'는 생각을 한다.

매일같이 번갈아 가며 빨아도 때가 배인 교복칼라는 백지장처럼 하얘지지 않았다. 시커먼 스커트 또한 조금이나마 산뜻해 보이도록 허리춤을 뱅글뱅글 말아 올려보지만 무릎 위까지는 올라가지 않는다. 성에 차지 않지만 어쩔 수 없는 일이다. 그래도 한껏 날렵해진 까만 스커트를 팔랑거리며 백사장으로 향한다. 그곳엔 초등학교에 들어와 맨 처음 봤을 때에 비하면 한참 낮게 보이는 모래 언덕과 활처럼 구부러진 모래사장이 있다. 절벽으로 막힌 것처럼 보이는 그 모래사장 끝을 돌아가면 작고 아담한 또 하나의 모래사장이 나오고, 다시 그곳을 넘어가면 문숙이가 사는 예래동 앞바다가 나온다지만 가 본 적은 없다.

우리 반 전체 학우들은 수업을 거부 하고 선생님들께 우리의 주장을 관철시키려 했다. 우리가 관철 시키려 한 주장이 무엇

이었는지, 주동자가 누구였는지도 생각나지 않지만 어쨌든 이
는 내 인생 최초의 데모였다.

'내일은 학교 대신 백사장으로 가자. 거기서 만나 다시 의논
한 다음 우리의 주장을 관철시키자고!'

뒷날, 우리는 학교대신 백사장으로 갔다. 몇몇 소심한 친구
들은 안 왔던 것 같기도 하지만 거의 대부분 다 모였다. (우리
는 남녀 공학이었다. 남자애들의 수가 월등히 많아 조금은 호
전적이었다. 게다가 질풍노도의 시기가 아닌가.)

까만 교복에 시커먼 책가방을 들고 꾸역꾸역 백사장으로 모
여드는 우리를 보고 어른들은 이상하게 생각된 모양이었다. 시
국이 하 수상하니 이노무 시골 촌구석 고등학교에서도 뭘 해서
는 안 되는 걸 하려나 보다. 누군가가 학교에다 알렸다. 그렇지
않아도 학교에서는 반 학생 전체가 등교하지 않아서 이상타 했
었다.

이누무 시키들! 선생님 몇이 득달같이 백사장으로 달려왔다.
위아래 초록색 옷과 군화를 신고, 길고 날렵하게 깍은 몽둥이
를 들고 온 교련 선생님(너무 새까만 선글라스를 껴서 눈이 보
이지 않는다). 검은 표지로 철을 한 출석표를 든 영어 선생님,
삼십 센티 자를 몽둥이처럼 들고 온 원예과 선생님 등.

"야! 니들 불만이 뭐야? 뭔~데 학생들이 이따위 수업 빼먹는
데모들이나 하고, 맞아야 정신 차리나?" 교련 선생님이 몽둥이
를 휘두르며 소리 지른다. 우리 중의 누군가 볼멘소리를 했다.

"조동이 닥쳐, 조동이~!" 교련 선생님은 주둥이라고 못하고

늘 '조동이'라고 했다.

그때는 군사 문화가 판을 치던 시절이었다. 고등학교에서 교련이라는 과목을 통해 공식적으로 군사훈련이랄 수 있는 수업을 하던 때이다.

"그래그래 불만 있으면 말로 해야지. 일단 모두 학교로 가자고. 응"

"그래 이번 사태에 대해 어떤 책임도 묻지 않을 테니까 일단 학교로 가자."

선생님들이 번갈아 가며 어르고 달래고 엄포를 놓는다. 시간이 간다. 학생들은 돌아서서 의논을 한다. 대부분이 학교로 돌아가자는 주장이다.

오! 안 돼. 난 이 시간이 재미있다고.

난 데모를 한답시고 수업을 빼고 백사장으로 온 것이 재미있다. 공부를 안 하는 것도 즐거운 일이고 아이들과 놀러 온 것은 더없이 신나는 일이었다. 더구나 바다가 아닌가. 물론 '나도 심각해' 하는 표정을 푼 적은 없었어도 말이다.

우리는 절벽 밑의 그늘에 옹기종기 모여 있었다. 가방들은 한데 모아놓고 둘러 앉아 열심히 토론한다. 실업반과 우리 인문 반에 대한 선생님들의 노골적인 차별이 있다. 굉장히 부당하다. 그래서 뭘 어떻게 해달라고 하자 한 것 같은데 생각나지 않는다. 기억나는 것은 그저 가을바람의 선선함과 절벽 위의 푸르름과 하늘색과 구분되지 않는 수평선이다. 그리고 그때 그 모습 그대로인, 단발머리와 까까머리의 젊은 청춘들.

모범생 친구들은 심각했었겠지만 나는 일탈이 재미있었다. 잠시 잠깐이었지만. 우리는 선생님들이 강압과 설득에 못 이기는 체했다. 고집 부려봐야 나중에는 돌아가기 더 힘들어지지 않을까 하면서. 게다가 선생님들의 우리의 의견을 적극 수용한다니, 이긴 것이야. 우리는 당당히 학교로 돌아갔다.

도서관에는 학생들뿐만 아니라 공부하는 어른들도 꽤 많다. 나도 그 중의 한 명이다. 남들 할 때 하지 않던 공부를 지금 하다니. 그래서 그런지 공부도 꽤 재미있음을 뒤늦게 알았다. 하지만 뇌는 재미와 상관없이 시멘트를 처 바른 것처럼 도무지 새로운 정보를 받아들이려 하지 않는다. 깨부술 수도 없고.

나는 내 앞에 펼쳐진 두꺼운 책과 씨름하다 앞에 앉은 학생이 사뿐하게 일어나는 것을 보며 흉내내본다. 가볍고 경쾌하게 발딱! 순간, 악! 무릎은 펴지지 않고 진한 통증이 올라오며 명료하게 현실을 깨우쳐 준다.

'아차차, 착각! 난 이제 그 때 그 학생이 아니라고.'

팬티가 보일락 말락 스커트를 팔랑거리며 사라지는 아이의 뒷모습이 또 내 시선을 앗아갔다.

주인보다
객이 많은 집

 연말이나 설날이 가까워지면 휴대폰은 까똑까똑 거리는 소리로 내내 주인을 찾는다. 온갖 모양의 이코티콘으로 무장한 새해 인사가 오고 가는 소리다. 때마다 인사하며 챙기는 것이 번거로워진 시대에 일부러 찾을 필요는 없지만 모른 척 안하고 지날 수 있는 좋은 방법이긴 하다.

 사람도 이익을 따져가며 처세하는 못난 시대의 한 풍경이랄지. 개 중엔 일 년 내내 얼굴 한 번 보지 않다가 이런 카톡 한 번 주고받는 걸로 인맥을 자랑하는 사람도 있는 모양이다. 뭐 하러 저렇게 까지. 사람은 만나고 부딪히고, 하다못해 한 통의 전화로라도 목소리를 주고받아야 제대로 된 관계라고 생각하고 있다면 너무 고루한가.

4대째 독자로 이어지는 동생과 아버지 할아버지까지 3대가 차례 지내는 시간은 단출하고 적막하다. 하지만 그 엄숙함이야 식구 많은 집들이 이에 비할까. 부정이라도 탈까 저어하는 것처럼 말 한마디도 조심한다. 걸음마 할 때부터 제사 명절에 참여해온 우리 집 귀남이도 이젠 제법이다. 하기야 일 년이면 10번 가까이 되는 제사 명절을 10여년 가까이 하고 있으니 오죽할까. 제상 위에 진설해 놓은 것을 보며 '누나 그건 거기 아닌데' 할 정도이다.

아버지가 무릎 꿇고 앉아 술잔을 받들자 동생이 세 번에 나누어 술을 따른다. 할아버지는 그런 손자가 흐뭇한지 애정이 담뿍 담긴 눈으로 바라본다. 백발에 하얗고 긴 수염을 가진 할아버지는 한평생 곱게 사신 선비 같다. 때론 동화책에 나오는 신선처럼 보이기도 한다. 할아버지는 지금도 목소리가 기억나지 않을 정도로 말씀이 없고, 시골 살이 한다고 하기엔 너무 고운 얼굴을 하셨다. 하얀 피부는 땡볕에서 하루 종일 일해도 벌겋게 달아오르기만 할 뿐 검게 변하지 않았다. 이런 할아버지의 피부는 아버지와 동생이 그대로 물려받았다.

어머니와 딸들은 제사에 참여 할 수 없다. 동생들은 다른 방에서 문틈으로 제사가 언제 끝나나 지켜보고 있을 것이고, 나와 어머니는 정재에 있다. 솔라니 국 냄새가 푹푹 퍼지자 나의 오감은 기대로 잔뜩 부풀어간다. 담백하고 고소하고 은근한 그 것의 깊은 맛은 늘 내 몸 어딘가에 숨어 있는 모양이다. 그래선 지 이렇게 때만 되면 냄새 한 자락만으로도 그 맛에 대한 욕구 는 걷잡을 수 없이 끓어오른다. 아무래도 한 국자만 먼저 떠먹 어야겠다, 고 생각하는데 마루의 삐걱거리는 소리가 철없는 나 의 욕구를 가라앉힌다.

할아버지가 일어서자 낡은 마루가 내는 소리였다. 제사가 거 의 끝난 모양이다.

'숭늉 가져와라' 아버지가 정재를 돌아보며 말한다.

이제 곧 철상 할 모양이다. 어머니와 나는 부지런히 음식상 을 준비한다. 음복의 시간. 새해 첫 날 첫 식사이자 조상님 드 셨던 걸 우리 자손들이 나누어 먹는 시간이다.

정말 이 자리에 왔었는지, 보이지 않는 조상님들이 잘 드셨 는지 그건 모를 일이다. 오직 조금 전이나 지금이나 음식이 전 혀 축나지 않았다는 것이 중요할 뿐이다. 다행이다. 그렇잖으 면 저렇게 높다랗게 쌓인 과일과 떡은 물론 솔라니(옥돔) 국과 구이가 층층시하를 거쳐 내 입에까지 온다고 어떻게 장담하겠 는가. 조상님이 드셨다 해도 형체는 남아 있으니 감사할 일이 다.

차례와 음복이 끝나고 한 숨 돌리자 올레에서부터 두런두런 사람들이 떠드는 소리가 들린다. 그들이 곧 마당으로 들어섰 다. 한복을 곱게 차려 입은 이모부와 사촌들이다. 곧장 방으로 들어온 그들은 할아버지를 향해 일제히 세배를 올린다. 그리고 이어 아버지와 서로 맞절하며 세배를 하고 덕담을 한다. 아버지가 조카들한테 세배 돈을 쥐어주며 한 번 더 덕담을 한다. 그 사이 어머니와 나는 부엌에서 분주하게 술상을 차렸다.

대략 옥돔구이 1/4쪽, 돼지고기와 쇠고기로 만든 적갈 한 꼬챙이씩, 메밀로 만든 청묵과 빙떡, 과일 등을 당시는 최 신상이었던 은색 양철 접시에 담는다. 역시 삼색나물과 떡도 먹기 좋게 몇 조각으로 나누어 담고, 소주 주전자를 올린 소반을 들고 방에 들어간다. 안방이었어도 당시 방들은 왜 그렇게 작았는지 대여섯 명이 둘러앉았을 뿐인데 방은 비좁았다. 소반을 들고 들어가는 나에게 길을 내주기 위해 사촌들은 몸을 비틀어야 했다. 소반을 내려놓고 동생들을 불러 함께 이모부에게 세배를 한다. 그러면 그 자리에서 이모부는 자기 아들들이 받은 것보다 더 많은 금액을 세뱃돈으로 주신다. 이모부는 동네 최고의 유학자 집안의 장남이다. 우리보다 몇 배의 부자였고, 현실적이며 성격은 점잖았다. 게다가 우리학교 윤리 도덕 선생님이다.

길 하나를 사이에 두고 형제가 나눠 살지만 아버지와 이모부가 사사로이 술 한 잔이라도 같이 하는 걸 본 적이 거의 없다. 물론 이모부가 술을 못해서이기도 할 것이다.

아버지와 이모부가 두런두런 그간의 일을 얘기하는 사이 또 한집의 식구들이 들어선다. 가장 가까운 이웃집 삼춘과 그 아들들이다. 어느새 방이 꽉 찼고 그들은 비좁은 방을 밀어가며 서로 세배를 주거니 받거니 한다. 그사이 부엌에서는 어머니가

또 하나의 상차림을 하고 있다. 내가 그 상을 들고 들어가려는
데 올레에서 또다시 사람들의 말소리가 들린다. 이번에는 아버
지의 친구들이다. 사촌들이 방에서 빠져 나오고 이모부가 서둘
러 일어난다. 금세 방으로 들어온 아버지친구들은, 할아버지에
게 세배를 마치고 방에 앉았던 삼촌들과 마루에서 기다리고 있
던 이모부와 다 같이 세배를 주거니 받는다.

이모부가 돌아가는 길에 올레에서 또 다른 이웃들과 인사하
는 소리가 들린다.

이렇게 손님들은 저녁이 다 될 때까지 끊임없이 오고갔다.
하루 종일 안방에 꼿꼿하게 앉아 있어야 하는 할아버지는 초저
녁 쯤 되자 피곤한 기색이 역력하다. 아무리 좋은 말로 덕담하
며 온 동네사람들 한테 인사를 받고 있지만 보통일이 아니다.
해가 어스름 해지자 할아버지는 일찌거니 저녁을 마치고 당신
의 방으로 들어가 버렸다.

뒷날, 날이 밝으면 똑같은 일이 반복된다. 자신의 설 차례를
지낸 다음 가족 단위로 혹은 또래끼리 뭉쳐서 웃어른들한테 세
배 드리는 것은 우리 마을의 오래된 관례였다. 환갑 이상의 어
른들은 집에 앉아서 세배객들을 맞이하고 얼추 끝나면 자신보
다 더 나이 많은 어른들을 찾아가 세배하며 건강과 장수를 축
수 드린다. 그러다 보니 온 동네 사람들이 오고가며 길에서 부
딪히면 세배하고, 어느 집 가서 또 보게 되면 덕담하곤 한다.
이런 일이 설날을 포함해 최소 3일은 계속되니 어머니와 나는

그동안 꼼짝없이 부엌에서 헤어나질 못한다.

의당 그러려니 했어도 오후가 들면 팔팔하던 내 허리가 다 휘어질 지경이 된다. 그래도 굳이 꾀를 부리거나 도망갈 생각은 하지 않는다. '여자가 어디 새해 첫날부터…쯧' 소리를 들어야 하고, 또 나나 동생이 도와주지 않으면 어머니 혼자 너무 힘든 일이며, 일 년에 한 번 세배 돈이라는 이름으로 용돈을 두둑이 불릴 수 있는 기회 등등 여러 가지 이유가 나를 붙잡는다.

☆

동네사람들은 해마다 돌아오는 설날 세배에 대한 피로감이 누적되기 시작했다. 해서 젊은 사람들이 마을 회관에 모여 대책 회의를 한다. 모두 모여서 한꺼번에 세배를 하고 받으면 어떨까 하고. 어르신들한테 마을 회관으로 나오시라하는 건 좀 그렇지 않나, 하는 생각들을 안 하는 건 아니지만 결국 그렇게 하기로 한다.

다시 설날이 되었다. 3대가 모여 차례를 지낸다. 할아버지, 아버지, 동생.

달그락 거리는 소리 외에는 아무소리도 들리지 않는 시간이 지나간다. 음복의 시간도 조용히 지나간다. 잠시 숨을 돌리고 있자 이모부와 사촌들이 세배를 왔다. 그리고 좀 이어 아버지 친구가 와서 합류한다. 술상이 한 번 들어갔고 그들은 길게 얘기하느라 시간 가는 줄 모른다. 사촌들은 어느새 사라진지 오래다.

손님들이 일어서자 할아버지와 아버지도 따라 일어난다. 모두 마을 회관으로 가는 모양이다. 눈이 녹아 철퍽 거리는 발소리와 조곤조곤 얘기하는 말소리가 올레에서 멀어져 간다. 집에는 어머니와 나와 여동생들만 남았다. 조용해지니까 좋네. 좋아하는 것 같지 않은 목소리로 어머니가 말한다. 뜨끈한 방바닥에 허리를 피고 눕는다. 나도 그 옆에 누웠다. 편하다 정말.

　편안한데 쓸쓸하다. 사람 발이 뚝 끊겨 오고감이 없는 정지된 느낌. 방문 너머로 보이는 마루가 쓸쓸하고, 미처 신지 못한 신발을 한쪽 손으로 구겨 넣으며 뒤뚱거리는 사람이 없는 마당이 쓸쓸하고, 오는 사람 가는 사람 부딪히며 인사하는 소리가 들리지 않는 올레가 쓸쓸하다. 편하긴 한데 외롭다.

　문득 그런 생각이 든다. 요즘은 합동 세배도 번거롭다고 모두 카톡으로나 새해 인사를 대신하고 마는 건 아닌지.

사랑이라니,
그까짓 것!

"영애야, 너 영애 소식 못 들었지?"

"응, 왜, 무슨 일 있어?"

"죽었대, 자살······"

"무슨 소리야? 엊그제 봤는데."

"진짜야, 빨리 와 다들 영애네 집에 모이고 있어."

아마도 그때가 10월 초 쯤이었을 것이다. 사무실로 걸려온 친구의 급한 목소리를 들은 것은. 고등학교를 갓 졸업한, 아직은 학생 때가 채 벗겨지지 않은 어린애가 듣는 '죽음' 이라는 단어, 특히 그 앞에 '친구'라는 단어가 붙자 나는 그 비현실적인 상황 앞에 잠시 어지럼증을 느꼈다.

친구의 전화를 끊자마자 달려 나가면서도 '무슨 그런 되지도 않는 소릴!' '가만, 우리 이제 몇 살이지? 그래, 겨우 스무 살, 그런데 왜?' 독백하듯이 혼자서 중얼거리며 걷다 뛰다 하며 버스 정류장까지 갔다. 가는 사이 지지난주 만났던 영애의 얼굴을 떠 올려 봤지만 다른 어떤 징후도 발견하지 못했다. 그냥 그날도 시시껄렁한 얘기, 그러나 온통 까르륵 대는 일로 시간을 보내고 같이 저녁 먹고, 같은 차를 타고 같이 왔다.

영애는 서귀포시내의 고모네 수예점에서 일했다. 심각한 거라곤 자기가 일하는 고모네 가게에서 손님들과 투닥거린 것이라거나 이런저런 맘에 맞지 않는 친구들과의 관계 따위였다. 그런데 이런 일이야 일상의 다반사로 일어나는 일인데 그런 일 때문에 제 스스로 목숨 끊을리는 없다. 뭐지? 그 사이에, 내가 알지 못하는 뭔가가.

마음은 급해 죽겠는데 마을로 들어가는 버스가 오지 않는다.

우리는 한 마을에 산다. 같은 버스를 타고 같은 학교를 다녔으며 서로 같은 이름을 가졌다. 그 아이를 부를 때는 내가 부르면서도 나를 부르는 것 같고, 그 아이한테 하는 말도 '영애야' 하고 시작하면 꼭 나한테 하는 것 같았다.

그 아이는 나보다 손가락 마디 하나 쯤 더 키가 크고, 나보다 훨씬 더 예뻤으며, 성격도 좋았다. 나한테는 없는 언니가 있고, 듬직한 오빠도 있었다. 모든 면에서 나 '영애'보다 나았다.

조금 부족하다면 아버지가 안 계시고, 또 굳이 얘기하자면 조금 가난했다. 그러나 그 대신 착하고 성실했다.

면단위 시절, 면에서 우리 마을까지는 대략 2km이고 버스는 30분이나 한 시간에 한번 씩 오간다. 마을 사람들은 보통 버스를 타고 오가지만 버스 기다리는 일이 지겨워지면 걸어 다니기도 했다.

그 아이네 집은 마을 초입에 있다. 마을 안쪽에 살던 나는 걸어 다니다 종종 길가 담 너머에 있는 그 아이를 불러대곤 했다. 골목이 깊지 않아서 담벼락에 붙으면 굳이 크게 소리칠 필요도 없었다. 내가 부르는 소리에 그 아이 엄마나 언니가 내다보며 '영애야. 영애가 부른다.' 하며 웃었다.

행운이 가득한 네 잎 크로바는 늘 그 아이 차지였다. 학교에 오가는 길가에 지천으로 깔린 크로바 군락지들.

나는 평생 한 번도 찾아보지 못한 네 잎 크로바를 그 아이는 어찌나 잘 찾았는지, 세상의 모든 행운은 모두 그 아이에게 있을 것 같았다. 부러움과 질투어린 친구들의 시샘에 잘 말린 네 잎 크로바는 여러 친구들 손에 나뉘어지고 자기도 딱 나눈 만큼만 가졌다.

그런데 그렇게 나누어 줘 버린 행운 때문에 빨리 죽게 된 건 아니겠지.

버스에서 내려 그 아이 집이 가까워지자, 멀리서부터 울음소리가 들리기 시작했다. 나는 내 마음을 어떻게 해야 할지 모르는 상태에서 쭈뼛거리며 그 아이 집에 들어섰다. 마을 친구들이 거의 모였고 그 아이 엄마와 언니가 실신하듯 쓰러져 울고 있었다. 그런데 오빠는 어디로 갔는지.

그 아이 시신은……, 너무 갑작스럽게 일어난 일이라 수의도 입지 못한 채 그냥 이불로 덮여 있었다. 나는 저 이불 속에 누워 있는 아이가 그 애가 맞는지 확인하고 싶었지만 끝내 이불을 들춰보지 못했다.

사랑을 했단다. 나중에 조금 정신이 들었을 때 눈물 콧물 범벅 된 얼굴로 언니가 해준 얘기였다.

고등학교 때 남자를 만났다. 아직은 학생인지라 숨죽여 사랑을 했고 마침내 졸업하자 스스럼없이 만나게 되었다. 무엇이든 하면 될 것 같은 젊은 날의 첫사랑, 그들의 사랑은 깊이를 모른 채 서로를 잡아 당겼다. 하지만 아직은 뭣도 모르는 풋내기, 서로를 끔찍이 여기며 사랑은 했지만 식구들이 알면서 문제가 되기 시작했다.

그 아이는 조금 가난한 집 딸이었고, 남자는 대대로 내려오는 유지의 집안 장남이었다.

남자의 부모는 아들을 서울로 (sky)대학을 보내기 위해 물심양면 뒷바라지를 했다. 당연히 합격 할 줄 알았던 아들이 떨어지자 부모는 망연자실했고 무슨일인지 알아보기 시작했다. 그러면서도 운이 없어서려니 다음엔 틀림없이 붙을 거라 생각하며 아낌없이 지원하고 있었다.

그런데 사랑과 가난은 감출 수 없다지 않은가. 마침내 부모는 아들의 뒤를 캐다 모든 것을 알게 되었고, 아들이 만나는 여자애에 대해서도 알게 되었다. 그리고는……

둘의 사랑은 애절했다. 누구한테 얘기 할 수도 도움을 받을 수도 없었다. 헤어질 수도 없었다. 둘은 아무도 찾을 수 없는 곳으로 숨어 들어가 몇날 며칠을 고민 했지만 뾰족한 방법을 찾을 수도 없었다. 그 사이 남자의 부모가 그들을 찾아냈고 친구의 머리끄댕이를 잡은 채 온갖 모욕을 줬다. 그 쯤 되자 영애의 엄마와 언니도 알게 되었고 그날로 영애는 머리카락이 잘린 채 방에 가둬졌다. 그렇게 며칠이 지났다. 남자가 죽은 듯이 하루하루를 보내고 있는 영애를 찾아왔다. 둘은 도망쳤고 어딘가 숨어서 헤어지느니 죽는 것이 낫다고 생각하게 됐다.

그들은 어렸다.

둘은 한 번도 가본적 없는 낯선 동네로 나가 농약을 구입하고 똑같이 나누었다. 그리고 몇 날 몇 시, 같은 시간에 마시자고 약속했다. 그래서 죽은 다음에라도 만나서 영원히 헤어지지 말자고.

내 친구 영애는 약속한 그날 그 시간에 약속한 대로 나누어 온 그 약을 마셨다. 한 치의 망설임도 없이.

사랑이라니, 그깟 남자가 뭔데… 미친!!

한동안 그 아이의 죽음은 믿기지 않았다. 누군가 '영애야' 라고 부를 때마다 그 아이가 와 있는 것 같고, 그 아이 집 앞을 지날 때면 불쑥 들어가고픈 충동을 억눌러야 했다. 그러면서도 배신당한 듯한 그 묘한 느낌, 말로 설명할 수 없는 열등감(죽음도 불사하는 사랑이 없는) 같은 것이 내 뱃속 깊은 곳에서부터 올라와 숨이 쿡쿡 막혔다.

지금도 나는 내 이름이 불릴 때마다 가끔 그 아이가 떠오른다. 시간이 약이라더니 가슴 미어지게 그립던 것은 어느 새 깊이 내려앉아 평온해졌다. 하지만 그 아이와 하던 일상들은 지금도 여전히 이어지는 것처럼 그냥 그렇게 무심히 쳐다보듯 추억한다.

행복했겠다. 사랑 때문에 죽을 수 있어서.

시간이 오래 지난 후에 그 남자에 대한 얘기가 들려왔다.

그 남자도 내 친구와 같은 날 약을 먹었더랬다. 그런데 부모에 의해 일찍 발견 되었고 구사일생으로 목숨을 건졌단다. 한동안 후유증을 겪은 후 털고 일어나 공부에 매진했고 결국 서울에 있는 대학에 들어갔다. 그리고…….

궁금하다.

당신도

사랑을 위해 죽을 수 있는지, 아니 죽을 만큼 누군가를 사랑한 적은 있는지.

선데이서울과
칵테일

1

벚꽃이 한창 흐드러질 때였다. 옷을 구겨 넣은 라면 박스하나와 옆구리에 찰싹 붙게 맨 핸드백 하나 달랑 매고 제주 공항으로 들어선 것이. 공항 로비 앞에서 택시를 내리고 누가 쫓아온 사람은 없는지 뒤를 한 번 돌아 본 다음 안으로 들어갔다. 예약하시는 않았지만 공항은 한산했다. 당시는 해외여행이 자유화되지 않은 때였다.

생전 처음, 그것도 나 혼자여서 두려울 법도 하지만 나는 마치 비행기 꽤나 타본 사람처럼 자연스러웠다.

서귀포시의 가장 번화했던 곳인 동명 백화점 뒤에는 오래 전부터 재래시장이 있었다. 지금은 올레길이 연결되어 있어 올레를 걷는 올레꾼들에게도 잘 알려진 곳이다. 동명 백화점 좌우의 네거리와 그 옆 목화 백화점을 중심으로 펼쳐진 재래시장은 제법 크고 넓다. 매일 건져 올리는 싱싱한 해산물과 소박한 야채가 담긴 다라이가 주인과 함께 길 가운데 일렬로 쭉 늘어서 있다. 좌우로는 점방을 가진 주인들이 정육과 과일과 수십 가지 반찬들을 늘어놓았고, 몇 개의 건어물 집과 수예점이 들어서 있다. 사이사이 리어카에 호떡이나 옥수수 등을 찌며 파는 상인들이 자리하고, 생활에 필요한 철물점이나 커텐이나 벽지 등을 파는 가게들이 복잡함이 끝나는 곳에서부터 이어져 있다. 주변 읍면 단위의 모든 주민들이 필요에 따라 모이고 흩어지는 이곳은 저녁 무렵이면 발 디딜 틈 없이 복작댄다.

동명 백화점 앞 네거리에서 좌우 대략 100m정도는 청춘들의 문화가 집약된 곳이다. 특히 천지연 쪽으로 내려가는 길 초입에는 당시에는 고급스럽다 할 패션잡화점들이 늘어서 있었다. 좀 더 내려가면 음악다방과 레스토랑과 바가 있고, 맞은편에는 우생당서점이 있다. 극장이 있는 언덕에 닿기 전에 욕쟁이 할망이 있는 김밥 집과 당구장이 들어선 삼일빌딩도 있다. 솔래낭 동산 바로 위이다. 우리는 그곳을 우생당 골목이라고 불렀다. 서귀포 시내에 있는 가장 큰 서점이고 나의 단골 서식처였다.

재래시장과 우생당은 얼마 안 되는 내 월급의 대부분을 빨아들인 블랙홀이다.

앞날이 찬란하게 펼쳐질 것 같으면서도 왠지 불안한 청춘, 하고 싶은 것과 즐기고 싶은 것들이 유독 많을 때인 그 때, 우생당 서점 맞은편에 '미리내'라는 레스토랑이 생기며 경양식의 유행을 선도했다. 그 즈음하여 아라베스크나 둘리스 등의 가볍고 경쾌한 디스코음악과 디스코 춤이 청춘들 사이에 들불처럼 번졌다. 음악다방들은 커피숍으로 바뀌면서 비틀즈, 엘튼 존, 퀸 등등의 명곡들이 무진장 흘러 나왔다. 색다른 음주문화를 이끄는 칵테일 바도 생겼다. 텁텁한 막걸리나 소주, 기껏해야 맥주 밖에 모르던 나에게 칵테일과 칵테일 바는 놀랍도록 새로운 문명, 신세계였다. 그 안에서 흐르는 조용하고 나긋한 음악과 분위기가 어느새 나를 이끌어 가기 시작한다.

여자들이 좋아한다는 부드럽고 섹시한 빛깔의 핑크레이디를 나는 시시해했다. 보다 더 진한 ―지금은 생각나지 않는― 것들을 좋아하던 나는 칵테일 한 모금에 시크한 도시인이 된 것 같은 도도함이 몸으로 흘러들었다.

지금은 모든 것이 실시간이고 오히려 제주에서의 삶이 꿈인 시대가 되었지만 당시는 모든 것이 한 템포 씩 느렸다. 서울에서 한바탕 바람을 일으켰다 시들해진 것들이 막 붐을 일으키기도 하고, 심지어 외면 받았던 것들이 유행이 되기도 한다. 문화에서 뿐만이 아니라 정치 경제적으로도 마찬가지였다. 같은 또래 아이가 민주화 운동하다 제주까지 피신 온 것을 보고서야 광주사태를 눈치 챘다. 대학생들이 민주화 운동하다 수배되고 쫓겨 다닌다는 것은 웅성거리는 풍문으로만 들었다. 이 웅성거림을 확인하기 위해 서점 한 귀퉁이에서 '선데이 서울'이나 '주간경향' 등을 들춰보지만 관계된 사건 내용은 찾을 수 없었다. 그저 자극적인 제목으로 시선을 끄는, 황당하거나 허위가 있어 보이는 사건사고와 연예계의 가십들로 지면을 채웠을 뿐이다. 그럼에도 그것이 이 섬 밖에 사는 사람들의 소소한 소식을 듣게 하는 가장 좋은 정보지인 것만은 틀림이 없다.

지금도 마찬가지지만 그때는 더더욱 꿈이 무엇인지 묻는 시대는 아니었다. 남들과 같이 흐르는 대로 흐르다 멈춰지면 그곳에서 각기 자기의 움을 틔간다. 하지만 그 움이라는 것이 대학을 가거나 소소한 직장을 다니다 적당한 때 시집을 가거나 아니면 그냥저냥 있다 시집가거나이다. 다른 선택은 없었다.

꿈을 묻지는 않았지만 스스로 생각은 해보아야 했었다. 하지만 그때는 꿈이라는 개념이 명확하지 않았던 것 같다. 뭔가 속에서 들끓는다는 건 알겠는데 그것이 무엇인지 정확히 몰랐다.(감히 얘기하자면 그림을 그리거나 글을 쓰는 것이었겠지만 그때 그것은 (몽상이라 할 정도로) 너무 높은 곳에 있는 것이었다.) 그럴 때는 뭔가 명확하게 잡힐 때까지 부딪혀 보아야 하는데 그럴 수 있는 것이 없었다. 어렵게 살아온 부모들은 그저 생존하는데 위협받지 않을 것이면 그게 가장 중요했을 뿐이다. 소소한 직장에라도 다니다 부잣집 맏며느리로 시집보내는 것, 이건 우리 엄마의 꿈이었다. 요즘 엄마들이 자식의 꿈을 대신 꾸면서 자식들을 채근하는 것처럼 우리 엄마도 그랬다. 그게 무슨 대단한 사회적 지위(나 자아실현이 아닌) 를 얻는 것이 아닌 부잣집 맏며느리인 것이 기함할 노릇이지만 정말 그러했다. 꿈은 배 곯지 않고, 될 수만 있다면 안정적으로 물질적 풍요를 가져다 줄 수 있는 것이면 되는 것이다.

다만 내 머릿속에선 그게 아니라는 소리만 계속 들려서 충실한 맏딸 노릇은 가능하겠지만 맏며느리까지는 글쎄.

나는 소소한 직장에 다녔다. 다니는 곳이 너무 시시하다고 그만두면 어느새 또 다른 직장이 놓여 있었다. 여기나 거기나 마찬가지지만 직장은 다녀야 하나보다. 소소한 직장에 다니며 시시한 사람들의 갑질을 참는 덕에 받는, 너무 보잘 것 없는 돈이 나를 무참하게 했다. 하루하루가 견디기 힘들고 하루하루가 우울했다. 더 견딜 수 없는 건, 다른 아이들은 그 나마의 직장이라도 있으면 감지덕지 하는 것 같은데 나는 그게 안 되는 거였다. 그저 제 3의 선택지가 있었으면 좋겠다는 생각만 날이 갈수록 그득해졌다. 눈부시게 햇살이 빛나고, 아이들과 웃으며 수다를 떨고, 착한 딸 노릇으로 칭찬을 들어도 내 마음은 늘 우울했다.

우울감을 견디게 하는 건 우생당 서점의 책 냄새와 나올 때 들고 나오는 책 한권, 재래시장에서 산 과일이나 떡을 맛나게 드시며 웃는 부모님 모습이었다.

시시한 그 돈은 다음 월급 때까지 그렇게 하나도 남김없이 써 없앴다.

나는 지금 튀는 중이다. 집에서, 제주에서, 웬만해서는 찾지 못하도록 섬 밖으로 나르는 중이다. 지정된 좌석을 찾아 자리에 앉고 벨트를 맬 때까지도 정신이 없다. 비행기가 이륙하기 위한 굉음이 들리고 움직임이 느껴지자 비로소 현실감이 든다. 몸이 뒤로 젖혀졌다 서서히 평행을 이룬다. 그제서야 고개를 돌려 창밖을 내다봤다. 섬이 한 눈에 들어온다. 꽃과 초록이 어우러진 화려한 색감과 그 사이사이 구불거리며 기어간 검은 돌 담들이 한 주먹 안에 들어 올만큼 작아지더니 이내 구름 속으로 사라졌다.

그 시각, 뒤 쫓아온 어머니가 공항 바닥에 풀썩 주저앉아 대성통곡하다 돌아갔다는 얘기는 나중에 들어 알았다.

2

제주에서부터 미리 약속된 하숙집까지 가는 것이 쉽지 않았다. 김포에서 비행기를 내렸지만 시내로 가기위해서는 공항버스를 타야하고, 서울 근교에 있는 남영동 하숙집까지는 전철도 타야했다. 비행기도 처음이지만 그날 타야하는 전철도 생애 처음이다.

하숙집 주인이 일러 준대로 주소를 적은 종이를 손에 들고 옷이 든 라면박스를 든 내 모습은 지금 생각해봐도 참 어이없다. 눈뜨고도 코 베인다는 곳에서 그런 사람이 내 앞에 나타나지 않은 건 두고두고 감사할일이다.

서귀포 시내의 가장 번화했던 동명백화점 앞에는 신호등이 없다. 재래시장으로 나가고 들어오는 사람들과 우생당 골목으로 드나드는 사람들로 인해 늘 복잡했지만 별 문제가 없었다. 경적소리 울리는 일도 없고 빨리 건너라고 재촉하는 일도 없다. 건너려는 사람이나 지나가려는 차들이나 서로 틈을 보아가며 천천히 지나 다녔다. 가장 복잡한 곳이지만 그 복잡함이 가장 인문적으로 교감되는 (듯한)공간이었다. 지난여름 가 본 그곳은 지금도 여전했다. 차와 사람이 얽힌 듯 복잡한데 인문적으로 교감되어 흐르듯 자연스러웠다.

그럼에도 당시와는 상황이 많이 달라졌다. 예전에는 얼굴을 모르고 서로 왕래 하지 않았어도 그 지역 사람이면 모두가 삼촌이었다. 알고 보면 모두가 사돈의 팔촌이고 멀어 봤자 이웃의 사돈의 팔촌이다.

이렇게 알음알음 하면 누구나 다 알게 되는 (지역)사회에서는 일탈하기도 쉽지 않다.

가끔 마시는 칵테일이 기호에 맞아서인지 점점 호기심이 생겼다. 레시피가 궁금해 서점에서 관련된 책을 들춰보았다. 거기에 대한 역사와 얽힌 이야기들이 꽤나 재미있었다. 재미있었지만 거기까지였다. 칵테일은 술이고 술은 내가 즐기는 문화일 수는 있어도 내가 팔거나 만들 수 있는 것은 아니었다. 만약에 만들든 팔든 술집에서 일하면 그건 그냥 술집여자일 뿐이다. 어머니나 동네 사람들이 우리 옆집 처자(그녀의 직업은 매춘부였다.)를 두고 내빼는 '에이 갈보년!'하는 것과 같은 개념인.

하지만 서울에서 내려온 우리 또래의 여자가 바에서 술을 만

들어 내주는 일은 나의 인식에 파격적인 변화를 가져다 줬다.

지금은 이렇게 커 보이는 데 그때는 섬이 왜 그렇게 작아 보였을까. 매일 보는 사람, 매일 하는 일, 이렇게 살다 죽을 것 같은 생각이 나의 온 의식을 덮을 무렵 예기치 않은 일이 생겼다.

거래처 관계자가 우리 직원이 잠시 자리 비운 틈을 타 희롱을 한다.

성희롱이 범죄라는 개념이 약하고 설사 있다 해도 '여자가 어떻게 처신했길래~'라는 비난을 더 받아야 하던 시절이었다. 해서 피해자들은 참기 힘든 굴욕감을 깨물듯이 속으로 삭이거나 울며 나가야 했다.

올 때마다 늘 끈적거리는 눈길로 쳐다보던 사람이다. 항상 대표나 다른 직원이 동석하지만 찻잔을 들고 가 내려놓을 때면 실수인척 하고 다리에 손가락을 갖다 대던 놈이었다. 직원이 서류 하나를 꺼내오기 위해 잠시 자리를 비운 사이, 손가락이 아닌 손바닥이 무릎 뒤쪽을 덮는다. 차츰 위로 올라갈 기세다. 나는 아무소리 없이 그놈의 눈을 똑바로 쳐다보았다. 움찔하더니 입을 씰룩거리며 이내 손에다 힘을 더 준다. 나는 내려놓던 찻잔을 들어 그대로 그놈의 무릎위에다 쏟아 부었다. 길길이 날뛰는 소리에 직원이 뛰어 들어오는 것을 보며 나는 차분히 가방을 챙겨들고 문을 나섰다.

방금 나에게 무슨 일이 있었는지 아랑곳없이 빛은 화사하고 거리는 평화롭기 그지없다.

재래시장을 지나고 우생당 골목을 내려가서 천지연 폭포로 갔다. 답답할 때면 내려가 물보라를 맞으며 생각에 잠기곤 하는 곳이다. 남들 보기엔 청승떠는 꼴이지만 개의치 않는다.

오늘도 여지없이 복잡한 심사를 들고 폭포를 찾았다. 다른 길은 없을까.

그날 저녁, 엄마를 붙들고 사정했다. '직장은 더 이상 못 다니겠다. 장사 해보련다. 봐둔 가게 있으니 얼마만 투자해 달라.' 했다. 물론 일언지하에 거절당했다. 거기다 '미친년! 장사는 아무나 하는 줄 아나 정신 나간 년!' 소리를 들어야 했다.

레마르크 전집 제 3권 『너의 이웃을 사랑하라』가 펼쳐진 채 일주일이 넘어간다. 작은 글씨로 상·하 2단으로 나눠진 글은 읽어 내기가 수월찮다. 그래도 별 문제는 없었는데 유독 레마르크는 오래 걸린다. 밥 먹듯 읽어 치우던 책의 책장을 한 장씩 넘길 때마다 한숨도 함께 넘어간다.

책장이 넘어가지 않는 책 옆에 「선데이 서울」이 펼쳐져 있다. 펼쳐진 그곳에 크고 진한 글씨로 '칵테일 학원, 한 달 수강 전원 취업'이라고 되어 있었다. 벌써 며칠 째 그 광고를 흘끔거리며 생각에 생각을 거듭하느라 책 읽는 것은 물론 다른 것도 손에 잡히지 않고 있다.

엄마에게 사업 자금 얘기 했다 거절당한 이후 난 이 섬에서 빠져 나갈 다른 방법을 궁리 중에 있다. 순순히 섬 밖으로 내보내줄리도 없고, 무언기를 배우기 위해 제주시로 유학 보내줄 리도 만무하다. 그리고 무언가 배우고 싶다 해도 도내의 어떤 곳에서도 내 마음을 홀리는 것은 없었다.

서울로 가면 무궁무진 내가 하고 싶은 것을 찾을 수 있을지도 모른다. 내 인생을 걸고 하고 싶은 일이 무엇인지 잘은 모르지만 가서 부딪혀보면 알 수 있지 않을까. 그것이 무엇인지 찾아서 완전하게 익히고 그걸로 살 수 있을 때까지 밑받침이 되어 줄 돈벌이가 필요했다. 단순하고 짧게 배워도 할 수 있는 일.

나는 다시 한 번 광고가 펼쳐져 있는「선데이 서울」을 들여다본다.

내가 하숙하기로 한 집은 칵테일 학원 강사의 집이었다. 커다랗게 박힌 광고의 전화번호로 전화해서 '나는 이러이러하고 이러하니 안전한 집이 필요하다. 그리고 딱 한 달 살 정도의 비용밖에 못 가져가므로 광고한 것처럼 한 달 후 반드시 취직이 되어야 한다.'고 못 박았다.

강사와 그의 아내와 갓난아기가 나를 반갑게 맞아 주었다. 다행히 착하고 순한 사람들이었지만 지독히 알뜰했다. 하숙비로 10만원을 내줬는데 세 식구가 사는 아파트의 남는 방 하나를 내 준 대신 딱 숟갈하나 더 얹었을 뿐인 밥상을 차렸다.

며칠이 흘렀다. 학원도 무사히 등록해 다니기 시작했고 낯선 곳에서 어떤 일을 당할지 모르는 두려움도 없어졌다. 그러자 나의 가출로 뒤집혀졌을 집안이 걱정되기 시작했다. 아버지 어머니가 어떤지, 병은 나지 않았는지, 동생들은 어떤지 마음이 불안해지기 시작했다.

편지를 했다. 걱정하지 마시라고, 나름 혼자 제 갈길 찾아 성공해보겠으니 일단은 찾지 말고 기다려 달라고 때 되면 내려간다고.

마음이 편안해졌다. 이제 학원에서 가르쳐 주는 대로 열심히 배우면 취직할 수 있을 것이고, 그때부터 틈을 내 진짜 내가 하고 싶은 공부를 찾아 하면 된다고 생각했다. 그런 다음 자랑스럽게 집으로 내려가리라.

학원에서 일찍 돌아와 집 주인인 부인과 아기와 까불며 놀다 벨소리에 무심코 문을 열었다. 거기에 사촌 올케와 이모가 서 있었다. 순간 멍해졌다 어떻게 알았지. 아차! 편지의 주소.

나는 잠깐 잊고 있었다. 어머니와 어머니 형제들의 네트워크는 전국에 뻗쳐 있다는 것을.

이모와 사촌 올케가 조용하고 얌전하게 타이르고 갔다. 아기 엄마에게도 나를 내보내라는 말을 잊지 않았다. 하지만 나는 완강하게 버틸 생각이었다. 내려가면 두 번 다시 기회가 없음을 알기 때문이다.

3일 후 올케와 이모가 다시 왔다. 이번에는 나 하고 얘기 할 것 없이 곧장 내 방으로 가 다짜고짜 짐을 챙기기 시작했다. 이모가 뭔데 그러냐고 나는 소리 지르고 주인은 난감한 얼굴을 한다.

짐을 챙기다 말고 이모가 소리 지르는 나를 향해 한마디 한다.

"허다허당 헐 게 어성 술집 년 되젠? 니네 어멍 약 먹엉 죽는 꼴 보고정 허냐? 니년 못 데령 가민 나도 못 간다, 이 몽고노미

새끼! 우리 집안을 우습게 알아도 분수가 있지……"

서울로 올라 간지 한 달도 채 되기 전에 끌려가다시피 다시 내려갔다. 계절은 아직도 봄이었다.

《선데이 서울》은 1968년부터 창간해 1991년까지 나왔던 잡지로서, 대한민국 최초의 오락잡지이다. 강렬한 컬러사진과 광고로 유명했다. 라면이 10원, 짜장면이 50원이던 1968년에 선데이 서울은 20원이었다. 1991년엔 1500원이었다.

- 위키백과 -

아, 돗통!
생각만 해도 쯥쯥

새벽이 지난 지 한참 되었다.

'일어나야지' 하면서도 잠이 뭉텅이로 걸린 눈은 뜨지 못하고 비몽사몽 헤매고 있는 중이다.

가랑이 사이에 이불을 끼운 채 새우처럼 구부러졌던 몸을 피고 다리 한 쪽을 침대 밑으로 내린다. 엎어진 몸뚱어리가 시체처럼 늘어졌다. 나무늘보처럼 느리게 남은 한쪽 다리를 끌어내려 주방으로 향한다. 눈은 아직도 반이 감긴 상태. 몽유병 환자처럼 흐늘거리는 상태로 포트에 물을 담고 스위치를 누른다.

불이 들어오자 포트의 유리가 블루 다이아처럼 푸르게 빛난다.

커피 한잔이 다 들어가자 뱃속이 쿨럭 거리며 신호가 온다. 나는 아직 펴지 못한 신문을 뭉텅이 채 들고 안경을 챙겨 화장실로 들어간다. 내 침대와 불과 몇 미터 안 떨어졌지만 30분 전에는 나 보기가 어려우리라.

엉덩이를 까고 쭈그리고 앉자 돼지들이 꿀럭꿀럭 거리며 내 엉덩이 밑으로 모여든다. 서로 포개진 채 늘어지게 해바라기 하며 밥 때를 기다리던 것들이 소리를 들었다. 인기척이 들리자 그 육중한 몸을 재빠르게 일으켜 도가리로 달려갔지만 아무 것도 없자, 곧장 내게로 온다. 두 놈의 코와 입이 내 엉덩이에 닿을 듯이 힘을 다해 벌름거리고 있다. 지금 당장 뜨끈한 인분을 내려주지 않으면 여린 내 엉덩이를 뜯어먹을 태세다.

책장을 구겨 표시한 쪽을 펴면서 밑을 내려다보았다. 사람의 인분과 음식쓰레기를 먹고 배설해낸 돼지들의 분뇨와, 그놈들이 먹다 흘린 찌꺼기와 눈·비등이 뒤섞여 썩어가는 냄새가 좁은 돗통 칸 안에서 내 숨통을 틀어막는다. 냄새가 올라오는 것에 따라 파리 몇 마리가 왱왱거리고 하루살이들이 날아다니다 내 눈을 찌를 것 같다.

접혀진 신문을 펴자 펄럭 거리며 광고지들이 떨어진다.

'경기도 대표 음식 안동 국시, 귀한 손님 귀하게 모십니다.' 그러고 보니 국수가 먹고 싶다. 그것도 돼지고기 국수를! (끙, 화장실 일보면서 먹고 싶다는 생각을!)

애견카페 광고지 – '넓은 마당에서 아가들이 마음껏 뛰놀게!!'(넓은 잔디 마당 사진이 함께 실렸다) 아, 우리 어진이가 있었으면 같이 갈 수 있었는데.

특급 주거단지 - '1차 100% 그 명성 그대로', 흠, 너는 딱 기다려, 내가 돈 들고 사러 갈 때까지.

제주 토종 흑돼지 연탄구이!! 삼겹살, 왕갈비 세일!!

까만 털에 윤기가 자르르 흐르는 새까만 새끼 돼지들은 우리 집 재산 목록 1호다. 며칠 전 성돈이 된 놈을 어머니는 눈도 한 번 깜짝 안하고 이 마을 끝에 있는 삼춘네 잔치에 쓰라고 팔았다. 몇 년 몇 개월인지 아침저녁 눈 마주치며 매일 보던 놈을 목 매달릴 걸 뻔히 알면서 아무렇지도 않게 넘긴다. 그리고 오일장에서 새끼 돼지 두 마리를 사왔다.

"차라리 딴 동네 모르는 사람한테 팔지…"

지난 가을에 거름을 퍼내자 돗통이 깊어졌다. 흙바닥이 그대로 들어날 만큼 깊고 깨끗해진 돗통 안에 잘 마른 볏짚을 깔고 방금 식구가 된 새끼들을 풀어 놓았다. 뭐가 됐든, 나중에 어떻게 되든 새끼들이란 대체로 무조건 귀여운 법이다. 빨빨거리며 돌아다니는 까만 새끼돼지들은 강아지 마냥 서로의 몸을 부비부비하며 장난치기에 여념이 없다. 그것을 바라보는 어머니의 눈빛이 흐뭇하다.

나또한 그런 녀석들이 쓰다듬고 싶을 만큼 귀엽고 앙증맞다는 생각에

"어멍, 야네들 더 크지 말아시민 조쿠다."고 하자 흐뭇해하던 어머니의 눈빛이 "이 정신나간 비발년!" 한다. 안 맞은 게 다행

이다.

　그때 생각이 나자 피식 웃음이 난다. 진짜 안 맞은 게 다행이
지. 빨리 키워서 돈을 만들어야 하는데 새끼돼지가 귀엽다고
크지 말았으면 했으니. 그나저나 어느 곳이든 음식점 몇 집 건
너 몇 집은 돼지고기 집이다. 그 중에서 또 몇 집은 제주 토종
흑돼지 전문이란다. 내가 사는 이 도시도 그렇다. 고개를 갸웃
거릴 일이다.

　돌 많은 동네답게 돗통시는 땅을 넓고 깊게 파서 굵고 묵직
한 돌을 동그랗게 쌓아 만든다. 제일 안쪽에는 돼지들이 비바
람을 막으며 지낼 수 있도록 폭을 좁게 들인 벽과, 그 위에 나
무를 가로로 얹고 시멘트를 발라 지붕을 만들었다. 그리고 직
선거리 끝에는 역시 벽을 높게 치고 지붕을 얹고 문을 만들어
달아 놓은 사람들이 배설하는 곳, 뒷간, 변소, 화장실이다.

　우리가 가장 터부시하는 곳인 돗통시는 인간들의 가장 원초
적인 배설의 현장이자 온갖 음식쓰레기 처리와 목돈 마련을 위
한 부업이 동시에 이루어지던 곳이다. 우리는 이곳을 통해 먹
고 마신 것들을 배설하고, 돼지들이 또 그것을 먹어 배설함으
로서 씨앗을 기를 걸쭉한 거름을 만든다.

　돼지들이 싸고 밟고 뒹굴며 걸쭉하게 짓이겨놓은 오물은 짚
새기와 섞이며 발효된다. 봄이 되어 파종 할 때가 되면 거름은
하루 날 잡아 말끔히 퍼 올려지고 마당에서 소를 끌며 보리씨
를 섞는다. 그렇게 거름과 보리가 잘 섞이면 밭에다 줄 맞춰 뿌
리는데, 그것이 든든히 자라 다시 나의 입으로 들어갈 밥이 되

었다.

변기 오른쪽, 뾰족이 달린 버튼을 내리자 한 덩어리의 물이 쏟아지며 방금 배설해낸 것들을 일시에 쓸어안고 내려간다. 소용돌이치며 내려가는 물 위로 다시 새로운 물이 금세 채워진다. 화장실은 냄새가 조금 남았을 뿐 언제 무슨 일이 있었냐는 듯 깔끔하다. 좋다. 편하다. 다시 옛날로 돌아가고 싶은 생각 따위는 없다.

속을 비웠으니 이제 또 밥을 채워야겠지. 요즘 내가 매일 먹는 삼시 밥은 무엇으로 키워지나. 손만 뻗으면 살 수 있는 먹거리를 집어 들면서 땅을 생각하지 않은 지 오래됐다. 하물며 그것들을 키워내는 것이 무엇인지는. 예전에는 그래도 먹고 싸는 걸로 쌤쌤 크게 빚지지 않고 얼추 계산이 맞았었는데. 그나저나 지금 내가 배설한 것들은 냄새를 잔뜩 품어 안은 채 어디로 가는 것이냐.

화장실에서 신문을 보는 동안 뭉텅이로 걸렸던 잠은 다 떨어져 나갔다. 신문을 들고 들어갈 때와는 완전히 다른 정신으로 나오다 발아래 떨어져 있던 광고지를 집어 들었다.

제주 명품 토종 흑돼지 오겹살 100g에 0000원, 헉! 비싸기도 하지!! 500g짜리 포장과 도자기 접시에 기름이 적당히 섞인 정말 먹음직한 고기들을 진열한 사진이 포함) 이런 사진들을 보면, 고기는 한 때 생명이었던 것이 아니라 방금 공장에서 찍어낸 가공품인 것 같다.

2015년 3월 제주흑돼지(260여 마리)가 천연기념물 제550호로 지정되었다. 제주에서는 외래종과 재래종을 교접한 흑돼지를 보급 생산하고 있다.

- 리얼 제주 매거진 iiin -

제 **03** 장

행복은 늘 누군가와
함께 할 때이다

未生과
아가씨 미생

    글을 몰랐지만 그것과 상관없이 즐겁던 미생이와, 그녀의 왁자지껄한 미용실이 있었다. 지금은 낡은 액자에 끼워져 구석에 걸린 삽화 같은 풍경, 그곳에서 웃고 떠들던 어머니들의 모습도 그때 그 모습 그대로 액자 속에 정지되어 있다.

    그때는 있는지 조차 몰랐던 브로콜리 모양의 머리를 한 어머니들이 여기저기 모여 와글와글 떠들고 있다. 아무리 유신시대라지만, 그래서 매일 새벽마다 새마을 운동 노래를 틀어 단체로 잠을 깨우고, 한 집에 한명씩 거리로 나와 마을 청소를 하라면 궁시렁 대면서도 그대로 했던 시대이지만, 그래도 '시집간 여인들은 모두 뽀글 파마머리를 하시오!' 했던 것은 아닐 것이다. 그러니 이는 필시 미생의 소행이다.

미생언니인들 모든 어머니들한테 아무 특색 없는 브로콜리 머리를 해 주고 싶은 건 아니었을 것이다. 면소재지라지만 그래도 시골 촌구석이라 헤어스타일의 별다른 모범이 없는 것이 문제인 것을! 혹 스타일을 본 떠 보고 싶은 것이 있다면 매일 tv를 통해 보던, 재작년에 돌아가신 육영수여사 머리를 본떠 올리는 것이겠지만 이는, 시골에서는 잔치 날조차 가당치 않은 일이다. 그러니 미생으로서는 스타일을 바꾸며 실력을 키워보고 싶은 꿈은 진짜 꿈에서나 그래볼 수 있을 뿐이다. 게다가 머리에 필요 이상의 돈을 쓰고 싶지 않은 어머니들의 강력한 요구도 한 몫 했을 터이니. 짧게, 더 짧게. 그리고 최대한 뽀글거리게, 아프리카인들의 머리처럼 뽀글거리게. 그래야 머리가 오래도록 안 풀리지 하는, 뭐 이런 심사이겠다.

그 덕분에 어머니들이 모인 곳에 가서 뒤통수만 봐서는 매일같이 보는 우리 어머니도 단번에 찾을 수가 없다. 게다가 그때는 패션도 비슷비슷, 대체로 하얀색 계열의 나일론으로 된 블라우스에 주름치마나 꽃가라 몸빼를 나들이옷으로 입었으니, 오일장이나 겸사해서 미용실에 들르는 것이 매일 치르기 힘든 행사 중 하나였던바 챙겨 입는 옷들도 비슷했다.

한 짐 잔뜩 지고 온 좁쌀을 일찌감치 팔아치운 어머니는 미생이네 집으로 향한다.

물건을 앞에 두고 앉은 아줌마들이 기름진 냄새로 가득한 장 입구에서 부터 미생이네 미용실 가는 큰길가까지도 넘쳐나 있었다. 새들새들한 푸성귀 몇 묶음, 제철 과일 서 너 개씩 담은 양은 쟁반 몇 개, 자리젓과 멜젓 한동아리씩 몇 개 등 모두가 고만고만한 좌판들이 남의 가게를 마주 하고 앉아서 그 사이를 오가는 사람들을 호객하는 중이다. 마치 초등학교 운동회 날 같은 흥겨움이 거리에 넘쳐난다.

그러거나 말거나 빠르게 걸어서 도착한 미생이네 미용실은 벌써 머리를 말아 비닐을 뒤집어 쓴 사람들로 가득 차 있었다. 자리가 비좁아 앉을 자리도 없어 보이건만 어머니는 기어이 들어선다.

아이고오~ 성님! 오랜만이우다. 장보래 옵디가? 어머니가 들어서자 누군가 자리에서 일어선다. 대포 괸당이다. 이 섬에서는 굳이 괸당이 아니어도 '성님' 아니면 '삼춘'이니 굳이 몇 촌 친척인지 따지는 건 머리 아픈 일이다. 어머니가 거기 있는 모든 사람들과 인사를 주고받는다. 그런 거 보면 참, 어머니는 아는 사람들이 많기도 하다. 그들은 하나같이 오일장에 온 사람들이고 계중엔 장을 다 본사람, 아직 못 본사람, 그냥 구경삼아 왔다가 미용실 들른 사람 등 제각각이다.

'좁쌀 혼 뒷박 폴앗쪄' 한 말이 넘게 잔뜩 지고 왔으면서도 어머니는 되는대로 말하고는 '이땅 갈 때 도새기 새끼나 ᄒᆞ나 사 가젠 햄신디 그때 ᄭᅡ장 머리 될 테주 이?' 어머니는 사람들을 둘러보다 미생이를 쳐다보며 동의를 구하듯 물어본다.

"영애도 와시냐?" 하며 미생언니가 반겨 주는 것은 고맙지만 훅 치고 들어오는 파마약 냄새에는 나도 모르게 얼굴이 찡그려진다.

한쪽 귀퉁이에 장식으로 부착된 쇠 이음 부분이 녹슬어 주변까지 갈색으로 번진 지저분한 거울 두 개가 나란히 붙은 작은 미용실, 선반 저 쪽에는 백합인지 칼라 꽃인지 구분이 안 되는 낡고 색 바랜 조화가 싸구려 꽃병에 꽂혀져 있고, 벽에는 어떤 배우(지금으로선 전혀 생각이 나지 않는)의 사진이 역시 낡은 모습을 한 채 걸려 있다. 파마약 냄새와 뭔가 타는 듯한 냄새가 마구 뒤섞인 후덥지근한 점방. 구석에서는 벌겋게 달궈진 화로에 긴 젓가락 같은 고데기가 꽂혀져 달궈지고 있는데 왜 어머니들 얼굴까지 그렇게 벌겋게 달궈져 있는지. 더우면 잠시 밖에 나가 있으면 될 일이지만 어느 누구도 수다에서 빠지기 싫어 부득불 다닥다닥 붙어 있는 것이겠다.

마침내 한 사람 머리 마는 걸 끝내고, 다른 사람 하기 전에 먼저 말은 머리를 풀고 감아야 하는데 좁은 미용실 내에는 수도가 없다. 어쩌겠는가, 미용사 미생 언니가 손님의 머리를 감기기 위해 밖으로 데리고 나가는 수밖에.

"양, 소문들 들읍데강, 미생이 이번 선 본 것도 허탕이랭 마씸." 주인이 밖으로 나가는 것을 보며 누가 먼저 말을 꺼낸다.

"무사?"

"누게 알 말이냐."

"아니, 얼굴 곱닥허고, 기술 좋고, 돈 잘 버는디 어떤 호랑말

코 같은 노무새끼가 미생이 말댄?"

"게메~, 경헌디 미생이가 올해 몇 살이꽝?"

"서른 쯤 되지 안앰신가, 그 쯤 되실거우다."

주인이 들어오자 하던 말을 그치고 서로를 쳐다본다. 들어오는 중에 밖에서 말소리가 다 들렸겠지만 미생이는 모른 척 하고 감긴 머리를 수건으로 터는데 열중한다.

"미생이 니 올해 몇 살이고?" 다른 어머니들 수다에도 가만 있던 어머니가 물어본다.

"서른 살 마씸!" 어차피 빼봐야 어머니들 등살에 나이 공개는 불가피함을 미생 언니는 안다. 진짜 서른 살이면 나보다 무려 15살이나 많다는 것인데 전혀 그렇게 보이지 않는다. 뽀글뽀글하고 긴 파마머리를 한 미생언니는 쌍꺼풀진 큰 눈과 호리호리하고 날씬한 몸매를 가진 미인이다. 더구나 우리 마을의 유일한, 자기만의 기술로 자신의 점포를 가지고 운영하는 사업자다. 일찍이 아버지를 여위고 홀어머니 밑에서 자라다 어딘가에서 미용기술을 배우고 와서 여기 중문에다 미용실을 차렸다. 은행과 우체국, 경찰서 등이 있고 가장 중요한 오일장이 열리는 열녀문 동산 위에 있는 이곳은 중문에서도 가장 번화한 곳에 속한다. 해서 인근 사람들이 일 보러 왔다가 쉽게 머리를 하고 갈수 있는 미생언니의 가게는 최고의 목이라 할 수 있다. 그래서인지 늘 손님들이 끊이지 않고 들락거리거니와 어차피 한 다리 건너고 건너면 다 아는 처지이니 서로서로 안부를 묻고 걱정삼아 수다에 올리는 일은 다반사였다.

그때 서른 살이던 미생언니는 내가 중학교와 고등학교를 졸업할 때까지도 시집을 가지 못했다.

내 생애 처음, 주민등록증을 만들기 위한 사진을 찍기 위해 머리를 하러 갔을 때도, 첫 직장에 출근하기 전 머리를 하러 갔을 때까지도 미생언니는 아가씨였다.

미생이 보다 못한 아가씨들도 보란 듯 제짝을 잘도 찾아가는데 어찌된 일인지 동네 어머니들은 의아해 했다.

'눈이 높은가?'

한참 후, 소문에 소문을 듣자하니 이유는 오직 하나 그녀는 글을 모른다는 것이다. 제 집 입구에 달린 간판조차 제 눈으로 읽지 못하고 누가 손가락으로 짚어가며 읽어줘야 할 정도라는……

지금까지 살면서 글을 읽고 쓸 줄 모른다는 것이 어떤 것일까 짐작조차 해본 적이 없다. 내가 숨을 쉬는 것처럼 글을 읽고 쓰는 것은 당연한 것이니까. 그러고 보니 우리 어머니도 글을 완전하게 터득하지는 못했었다. 부잣집 딸이었지만 외할아버지는 딸들에게 초등학교도 보내지 않았다. 글을 몰랐던 어머니는 자식들이 학교에 다니고 나서야 우리에게서 배워 조금씩 띄엄띄엄 알 정도일 뿐이었다.

한국 방송통신대학교 성남시 학습관 501호에 나이 지긋한 어머니들이 옹기종기 모여 있다. 모두가 비슷한 등산복 차림과 브로콜리 모양의 머리를 해서 뒤에서 보면 크고 작은 브로콜리들이 오글오글 모여 있는 것 같다. 그녀들은 모두 한글 공부중이다. 만약에 미생언니가 같이 공부한다면 모두 비슷한 또래가 되지 않을까 싶은 연령대이고 연령이 무색할 만큼 공부에 열중이다. 한때는 이들 모두 미생언니처럼 젊었고, 예뻤고, 가족들을 위해 사느라 한글도 깨우치지 못한 과거를 갖고 있다. 모두가 동병상련인 이들의 꿈은 한글이나마 익혀 글을 몰라서 받던 설움을 보란 듯 모두 털어내는 것이다.

그러면 인생이 좀 더 완전해지려니 하며……

살아있는 모든 존재는 完生을 향해 가는 未生들이다.

돼지,
튀어 달아나다

우리 마을 사람들이 오일장에 가려면 중문에 도착하고도 열녀문 동산이라는 가파른 언덕을 올라가야 한다. 그곳은 〈효열경주김씨 정려비〉가 세워져 있는 곳이다. 중문리 출신 김공의 부인이 죽은 남편을 따라 순절함으로 순조가 그를 기려 세웠다고 하나 흔적이 없다. 대신 후손이 세운 〈정려비〉가 온전치 못한 모습으로 그 자리를 지키고 있는데, 어쨌든 우리는 그 일대를 통틀어 열녀문 동산이라고 부른다.

그 열녀문 동산을 기준으로 밑에는 초·중고가 모여 있어 학문의 중심이 되고, 위로는 은행, 우체국, 경찰서등 관공서와 함께 경제 활동 영역이 몰려 있다. 오일장도 그 위에 있으며 관광단지와 함께 나날이 발전해간다.

중문 오일장날에는 면내 사방팔방에서 사람들이 모여든다.

동쪽의 하원마을에서부터 서쪽으로는 난드르 마을까지, 혹은 더 먼데서 올 수도 있다. 그러나 장날을 기다렸다 모여든 사람들이 아무리 빼곡해도 지금의 민속오일장처럼 하루 종일 밀치고 밀리며 오고가는 사람들이 많지는 않았다. 한 가정에서 아이들이 보통 너 댓씩 태어났어도 땅에 비해 사람 수가 많지 않던 시절이야기이다. 그래서인지 장이 열려서 한참 들끓는가 싶은데 오후가 들면 벌써 한가해지고 파장분위기가 났다. 해서 어머니는 장에 볼일이 있는 날은 아침 일찍부터 서둘러 갔다가 정오가 채 되기 전에 돌아오곤 했다.

열녀문 동산이 가까워지자 거기서부터 사람들이 부쩍 많아졌음을 느낀다. 장 초입부터 풍겨오는 기름진 냄새와 흥정하는 소리는 걸음이 빨라지도록 재촉하지만 오며가며 만나는 사람들과 인사하느라 서다가다를 반복한다.

어머니는 장 한가운데로 들어가기도 전에 아는 사람을 만나 한 짐 지고 온 좁쌀을 순식간에 다 팔아치웠다. 그리고 갈 때는 돼지새끼를 사가야 하는 데, 그건 이따 파장 때쯤이나 살 요량이다. 그사이 시간도 때울 겸 파마하기 위해 미생이네 집으로 간다.

어멍! 우리 저 튀김 하나씩만 먹고 가자. 기름진 냄새로 가득한 장 초입에서 가뿐해진 어머니의 몸뻬 바지를 힘주어 당겼다. 이땅! 단 한마디만 하고 어머니는 꿋꿋하게 앞만 보며 걷는다. 코끝을 후벼 파는 흥건한 멸치 우린 냄새나, 참기름을 빼고 난 기름에서 튀겨낸 도너츠의 사람을 홀리는 듯한 고소한 냄새 따위엔 애당초 모른 척이다. 대체 저 의연함은 어디에서 나오는 건지.

종일 북 치고 장구 치며 눈요깃감을 맘껏 제공하는 만병통치약 파는 곳도 몇 번 흘깃거리더니 흥 하고 지나쳤다. 떡칠하듯 분장한 삐에로의 요란한 가위질과 우스꽝스런 춤을 추는 엿장수에 홀리는 법도 없고. 좁쌀을 비워낸 빈 구덕에 무엇 하나 대신 채워 넣을 생각을 않는다.

내 입이 삐죽하니 댓발이나 나왔다. 장날 장에 오면 뭔가 있어야 되는 거 아니냐고.

미생 언니의 미용실에선 머리를 말고 앉은 어머니들이 하나같이 미생언니의 나이를 두고 염려하는 중이다. 빨리 시집을 가야지 더 늦어지면 못 간다고 염려하는 사람과, 게메~ 하며 맞장구치는 사람들. 어머니의 머리도 그 사람들과 수다떠는 동안 다 말려져 어느 새 뽀글거리는 브로콜리 머리가 되었다. 나는 미생언니를 걱정하는 어머니들 틈에서 겉장이 다 뜯겨 나간 오래된 잡지를 팔랑거리며 건성건성 넘긴다. 정오가 넘어가고 있었다. 어머니는 지금쯤 장도 거의 파장 때가 되었을 것이다 하며 일어선다.

장에는 아직 가져온 물건을 다 팔지 못한 어머니와 아버지들이 가져온 물건들을 걷어치우지 못하고 손님을 기다리고 있었다. 거기다 물건을 사려는 사람들도 아직은 좀 남아있었다. 그들도 아마 어머니처럼 파장시의 물건들을 싸게 사볼 요량으로 남았을 것이다.

장은 열녀문 동산 꼭대기에서 바다 쪽으로 향한 길을 따라 쭉 내려가면서 선다. 생활용품, 자잘한 농기구, 더 내려가면 생선과 해산물 등등이 나름 질서를 지켜 같은 것끼리 모여 있다. 가끔 엉뚱한 것이 생뚱맞게 끼어 있기도 하지만 그게 뭐 그닥 이상하지도 않다. 그마저 재미있는 것이 오일장의 나름 매력이겠다. 오른 쪽으로는 허술한 기둥을 세워 지붕을 이은 임시가게들이 죽 이어지며 포목점과 곡물들을 파는 곳으로 정해진 듯하다. 그 뒤쪽으로는 닭, 강아지, 돼지새끼 등 가축들을 파는 곳이겠고 더 넓게 보자 치면 사실 이런저런 것들로 뒤죽박죽 섞여 있다.

어머니는 장으로 들어서자 곧장 가축들 파는 데로 간다. 마침 돼지새끼 한 마리 구덕에 담은 채 아직도 손님을 기다리는 사람이 있어 그리로 갔다.

요즘 사람들은 별로 그러지 않겠지만 예전엔 물건 하나 사고 팔면서도 서로 통성명 하고 어디서 온 누구인지 서로 인사하는 일이 허다했다. 하다보면 어느 새 내가 아는 누구와 맞닿아 있고 그러다 보면 어느새 그들끼리 괸당 아닌 괸당이 된다.

섬사람들은 그렇게 서로서로 알음알음 하며 안면을 트고 지낸다. 그것은 시장 바닥에서도 마찬가지이다. 당시 오일장은 장사꾼들만 와서 장사하던 곳이 아니었다. 누구나 자기가 농사 지은 것, 뿐만 아니라 팔만 한 것이 있으면 뭐라도 들고 와 파는 장마당이었다. 요즘 가끔 보여주는 북한의 장마당 같은 느낌이랄까. 그러다보니 장에서는 살 사람과 팔 사람이 한 동네 사람이기도, 친정 동네 사람이기도 한다. 거기서 오랫동안 못 봤던 지인이나 친구들 소식을 듣기도 하고. 우연히 만나기도 한다. 그러고 보면 예전 오일장은 물건만을 사고 파는 곳이 아닌 만남의 장소이기도 했다.

그렇게 인사를 트고 나면 다른 곳에서 만났을 때는 마치 반가운 친구 만나듯 한다. 하니 사람마다 차이는 있겠으나 섬사람들의 사람에 대한 친근과 인정은 이러했다. 그래서인지 사람 사는 곳이라 불미스런 일이 아주 없다고는 할 수 없으나 요즘에 들리는 인면수심의 일들은 섬사람들끼리 살 때는 거의 없던 일이라 해도 심하게 과장된 것은 아니다.

돼지 새끼 팔러 온 아주머니는 얘기하다보니 어머니 사촌동생이 사는 난드르에서 온 사람이었다. 흥정이 쉽게 되는 듯 했는데, 얘기 끝에 동생네 얘기를 하다 보니 길어지기 시작하였다. 사촌동생(그러니까 내게는 이모뻘 되는)네는 늦도록 아이가 생기지 않자 고민 끝에 육지의 어느 고아원에서 예닐곱 살 된 아이를 데려 와 애지중지 키우기 시작했다. '아이가 어찌나 예쁘고 앙증맞게 재롱을 피우는지 한참 아이 키우는 재미에 푹 빠져 살았다.' 까지는 어머니가 알고 있는 바였다. 뒤이어 아주머니가 하는 말은 글쎄, 동네 입초시 떠는 아낙 때문에 또래 아이들이 고아라고 놀려대서 아이가 상처받고는…….

애기가 한참 길어지고 열중하는 사이 옆에 밀쳐진 구덕에서 그만 돼지새끼가 빠져나와 달아나기 시작했다. 놀라고 당황한 주인이 잽싸게 일어나 쫓아 갔으나 돼지는 어느새 언덕 밑으로 달아나 아득히 멀어진다. 같이 쫓던 어머니는 멈춰선 채 주인이 돼지새끼를 안고 올라 올 때를 기다렸지만 구덕이 덩그렇게 엎어진 자리로 주인은 돌아올 기미가 보이지 않는다.

돼지새끼를 사오기 위해 어머니는 다음 장날을 기다려야 했다.

아맹해도 난
다슴 새끼여!

‘간편하게 즐기는 군고구마 슬라이스,
군고구마의 맛과 향을 그대로 살렸습니다.’

군고구마 향이 나는 그 간편한 상품이 아무리 봐도 내가 원하는 맛이 날 것 같지는 않다.

도대체 왜 없는 거야. 대형마트 여러 군데를 돌아다니며 빼때기를 찾아 훑어보지만 보이지 않자 어쩔 수 없이 비슷한 군고구마 슬라이스를 집어 들었다. 요즘 같은 웰빙 제품 시대에 달짝지근하면서도 담백한, 그리고 보관도 용이한 감저 빼때기가 없는 것은 서운한 일이다.

감저 빼때기는 고구마를 절삭기로 슬라이스 해 그대로 햇볕에 바짝 말린 것을 말한다. 서늘하면서도 짱짱한 가을 햇볕에 잘 말려진, 어떠한 이물질도 섞이지 않은 자연그대로의 식품이다.

유독 고구마를 좋아해 구워먹고 쪄먹고 밥에 넣어 먹어보기도 하지만 가끔은 내 손으로 만들지 못하는 감저 빼때기가 한없이 그립다.

"감저 캐래 곧지 걸라!"

"또? 마우다. 이번엔 아시 데령 갑서."

"이 비발년아! 너같은 느트매나 데령가지, 저추룩 엉뎅이에 종기나게 공부흐는 아시 데령가느야!"

"내가 무사 느트매꽝? 집안 청소에 빨래에, 식구들 밥 먹는 거꺼지 내가 다 햄신디, 툭허믄 밭에꺼장… 아맹해도 난 다슴새끼여!"

농번기 때면 일손이 모자라 아이들도 모두 밭에 나가 일을 해야 했다. 식구가 많았던 우리 집은 밭의 일도 일이지만 집안일도 만만치 않았다. 동생들이 커가면서 내가 밭으로 나가면 동생들이 자연 집안 일을 맡아하고, 동생들이 밭으로 나가면 내가 집안일을 하게 되는 데 그럴 때는 집안일로 끝나지 않는다. 설거지 정도나 후딱 해 치우고 점심을 준비해 뒤따라 나서야 했다. 이래 뵈도 이 몸은 어릴 때부터 그렇게 일에 단련된 몸이다. 섬의 시골에 사는 어느 아이인들 그렇지 않았겠는 가만.

70년대 중반을 전후해 귤 농사가 보편화 되면서 30%가 넘던 섬의 고구마 농사는 차츰 줄어들고 있었다. 우리도 몇 개의 밭들 중 여기만 빼고는 모두 귤나무를 심어 과수원을 만들었다. 이곳도 올해를 마지막으로 윗 밭에 이어서 귤나무를 심을 예정이다. 우리의 고구마 농사는 이제 이것으로 마지막인 것이다.

밭에 들어서자 절삭기에 고구마가 착착 갈려지는 소리가 들린다. 품앗이로 동네 삼촌들과 그 넓은 고구마를 다 캐낸 것은 어제 일이고, 오늘은 회전판 절삭기를 이용해 그 고구마들을 모두 납작하게 썰어내고 있다. 이것을 그대로 밭에 넓게 뿌려 바짝 말리면 하얀 감자빼때기가 된다. 그렇게 말린 것은 한 겨우내 식구들이 먹을 양을 어느 정도 빼고는 모두 팔아넘긴다.

여느 때 같으면 씨감자 삼아 몇 구덩이 따로 묻었을 테지만 이제는 그럴 필요가 없어서인지 조무래기들만 남기고 모두 썰어내고 있다.

우리가 흔히 먹는 이 고구마는 1760년대 대마도에서 씨를 들여오면서 시작되었다. 하지만 시험재배에 번번이 실패했고 1900년대에 들어서야 겨우 재배에 성공하면서 식량대용의 구황작물로 전국적 각광을 받게 된다. 그러나 섬에서는 불과 70여 년 만에 귤 농사에 의해 점차 외면을 받는 신세가 되어가고 있는 것이다.

고구마는 당면을 만드는 전분과 주정의 원료여서 섬사람들의 주머니를 잠시나마 채워주는 농작물로서의 효자노릇을 톡톡히 했다. 동시에 이를 가공하는 전분 공장들이 신나게 돌아가는 원동력이기도 했다. 물론 일제 강점기 때는 비행기의 연료로, 또 일본군을 위무하는 술이 되기도 했었지만.

허리를 구부린 채 손으로 돌려가며 고구마를 절삭하는 일은 입에서 단내가 날 정도로 힘들다. 절삭기 몸판과 칼날의 사이가 너무 빡빡하면 큰 고구마 썰기가 힘들고, 너무 넓으면 작은 것들이 뭉텅이로 썰리려다 걸리고 만다. 적당한 간격, 칼날이 돌아가며 만든 힘의 시너지까지 이용하여 크고 작은 모든 고구마가 고루 썰리게 해야 한다.

너무 조이지도 느슨하지도 않게 관계 맺는 삶의 기술이 필요한 것처럼.

어른들은 벌써 몇 번째 서로 돌아가며 절삭기 운전대를 잡았다. 참참 거리며 고구마 썰리는 소리가 경쾌하다. 힘 있게 썰리는 고구마들이 칼날 앞으로 죄다 떨어지지 못하고 멀리까지 날아간다. 물이 많아 물고구마로 불리는 섬 고구마가 물기 가득한 채로 여기저기 밭 가운데로 떨어진다.

일요일임에도 오늘은 볼일이 있어 밭에 같이 가지 못했다. 대신 지난 겨우내 먹고도 남겨진 빼때기를 쪄서 오후 간식삼아 가져갔다.

"아방, 어멍! 빼때기 쪄 와수다."밀짚 패랭이를 쓴 아버지와 수건을 둘러쓴 어머니, 그 비슷한 차림새의 옆집 삼촌부부가 모여든다. 막걸리도 한 주전자 꺼냈다.

"어떵 영 돌코롬 허니?" 묻는 어머니 얼굴과 목덜미가 땀으로 흥건하다. 좀 전까지 절삭기를 돌린 건 어머니였다. 아버지는 먼데 있는 고구마를 구멍이 숭숭한 골챙이에 담아 오느라 힘 좀 쓰시던 중이었고. 삼촌들은 썰린 고구마를 담아 멀리 내다 펼치던 중이다.

"당원 몇 방울 낳 마씸!"

넉넉히 남겨둔 감저 빼때기는 한 차례의 겨울이 지나자 바닥이 났다. 그 이후, 온 식구가 둘러 앉아 맛있어 보임직한 빼때기부터 골라 먹느라 아웅다웅 다투던 일도 없어졌고, 그늘에 퍼질러 앉아 막걸리 한 잔으로 잠시 땀을 식히던 부모님은 이제 편안히 흙속에 누워있다.

내가 그리운 것은 그들인데 감저 빼때기를 찾는 심사는 어찌해도 그들을 다시 만날 수는 없기 때문이겠다.

별이
내리는 마을

내가 알고 있던 그 마을이 정말 거기에 있었을까.

기억 속엔 선명하지만 마치 꿈을 꾸고 난 후처럼 모든 것이 사라진 곳,

바닷가 언덕위의 조그만 마을에 살던 사람들.

그들이 삶을 꾸려가던 집과 수수한 마당과

멍석위에 펼쳐놓고 까먹던 보말과 소라와 오분자기.

화덕위에서 익어가던 물오른 오징어와 밤 깊은 이야기들.

반딧불이가 불을 키기도 전 와르르 와르르 쏟아져 내리던 별들.

모두가 사라졌다. 삶의 한 시기가 예고도 없이 갑자기 끝난 것처럼,

추억을 추스를 틈도 없이,

단 한 번도 존재 하지 않았던 것처럼!

   그곳에 논이 있었다. 바닷가 언덕 위의 작은 마을을 뒤로 한 곳에, 작박 위에 올라서서 보면 가야금 줄처럼 팽팽한 수평선이 보이고, 햇빛 쨍쨍한 날에는 보석을 흩뿌려 놓은 듯한 물이랑이 눈부신 곳에. 키 작은 내가 지나 갈 때면 노랑 빨강 보라색 들꽃들이 바람에 살랑거리는 절벽이 기다려주는 곳에, 더 내려가면 바다와 민물이 연애하듯 시시때때로 만나고, 밤마다 별이 내려와 은하수를 이루는 곳에.

   늘 퍼석퍼석한 흙 밭에서 마른 질감에 익숙할 즈음이면 논에 모내기가 이루어졌다. 드넓은 밭이 물로 채워지는 일, 물먹은 흙의 그 보드라움에 빠져 철퍽거리다 거머리 몇 개쯤 허벅지에 붙고 나면 비명을 지르는 일도 다반사이던 곳.

   "아시 이시냐?"

   여름날에는 한참 진 빠지게 일하고 나서 허리를 펴도 해는 아직 하늘에 걸려 있기 마련이다. 어차피 어두워져서 돌아가기엔 너무 먼 거리라 우리는 늘 해지기 전에 논에서의 일은 걷어치운다. 돌아가는 길, 어머니는 아무소리도 들리지 않는 조용

한 마당으로 들어가며 동생(어머니의 친정 사촌 동생)을 불렀다. 아무소리도 들리지 않자 집 담벼락을 끼고 비스듬히 돌아가 본다. 이모와 이모부가 거기서 좀 전에 물질해온 것들을 정리하고 있었다. 수확이 좋았는지 태왁을 지고 우리 논 옆을 지나면서 돌아갈 때 들렀다 가라는 말을 잊지 않고 하고 갔다.

마당엔 벌써 멍석이 깔렸고 소라와 보말 삶은 것을 한 양푼 가득 담고와 술상이 차려져 있었다. 아버지 입이 헤벌어진다.

"공장은 아예 멈춰시냐?" 어머니가 집 뒤쪽의 무겁게 가라앉은 공장을 보며 물어본다. 굳이 대답을 기다리는 질문은 아니다.

이곳은 한때 하루도 쉬지 않고 기계를 돌리던 전분공장이었다. 생고구마나 감저빼때기를 공급받아 전분을 빼고, 남은 주시(전분박)는 돼지 사료용으로 공급되었었다.

"가끔씩 돌리긴 해, 다시 좋은 시절 오지 않을까?"

그러나 70년대 중·후반이 넘어가자 제주 전역의 고구마 밭이 귤밭으로 변하면서 고구마 수확량은 확 줄어들었고 그 많던 전분 공장은 하나둘씩 문을 닫게 되었다. 삼촌네도 예외는 아니었다.

"이제 뭐 해먹고 살젠?"

"배타고 물질허민 되지." 어차피 삼촌 부부는 물질과 배낚시를 해서 먹고 사는 걱정은 없다. 게다가 여기에 논과 밭뙈기도 좀 있고.

"그럭저럭 경 살암시민 살아질테주마씸, 아이들도 건강허고, 걱정어수다." 이모 부부의 얼굴은 편안했다.

술이 한 순배 도는 동안 이모부는 살짝 마르는 중인 한 치 몇 개를 빼들고 와 옆에 화덕을 피우고 굽기 시작한다. 그 옆에 미역귀도 몇 개 올렸다. 구수한 냄새가 온 마당 안에 진동한다. 한 치가 익어가는 동안 나는 손가락으로 생 소라를 집어 초고추장에 찍어 먹기에 여념이 없다. 보말은 까기 귀찮아 눈도 안 준다.

저녁이 여물어간다. 네모지게 반듯하고 규격 있는, 높게 쌓은 현무암 돌담의 그늘이 길어져간다. 나는 입으로 가져온 오징어를 질겅거리며 공장을 돌아본다. 한때는 내 수영장 노릇을 톡톡히 했던 콘크리트로 만든 다섯 개의 기다란 수조, 거기에도 저녁이 짙게 내려앉는다. 공장이 멈추면서 수조에는 물 한 방울 안 남았다. 바짝 마른 콘크리트 벽이 다 갈라지는데 물속에서 같이 놀던 올챙이들은 다 어떻게 됐을까.

그림자가 길고 짙어질수록 별들이 가까이 내려와 앉는다.

전분 공장이 멈춰져도 이모네는 물질하고 낚시질 하며 고요하게 살았다.

그곳의 논일 보러 오고가는 중에 우리는 종종 삼춘네에 들렸고, 들릴 때마다 삼춘은 늘 반갑게 해산물이 가득한 술상을 내왔다. 그렇게 사는 것이 삶의 기쁨인 것처럼 숨비소리 토해가며 물질 해온 것들을 아끼지 않았다.

삼춘네 전분 공장이 멈춰지고 몇 년 지나지 않아 우리는 논을 팔고 대신 과수원을 늘렸다. 그렇게 논에 발길을 끊은 지 얼마 되지 않아 중문 천제연과 백사장 일대가 관광단지화 되기 시작하면서 그 주변이 들뜨기 시작했다. 그 여파는 나의 유년기의 추억과 정겨움이 고스란히 묻어 있는 아름다운 마을 '베릿내'까지 미쳤다. 마을은 통째로 수용되었고 사람들은 뿔뿔이 흩어졌다.

섬을 위한 국책사업에 일조한다는 개념으로 내 놓은 땅은 원래 계획대로 쓰이지 못한 채 수차례 소유주를 바꿔가며 부동산 투자용 호텔이 되어 왔다.

- 제주신보, 2014/11 -

그리고 삼촌네는 어디 먼데로 가셨는지 이후 한 번도 더 뵐 수가 없었다.

☆

행복한 순간엔 그것을 인식하기가 쉽지 않다. 행복했던 순간이 먼 과거로 지나가고 세월이 아주 흐른 다음, 문득 기억한쪽에 접혀있던 일들을 떠올리다가 그때서야 그게 얼마나 가슴 벅차게 행복한 순간이었는지를 깨닫는다. 간혹 너무 늦게, 지금처럼.

일 년 후 다시 만날 때까지
이만 총총

섬을 생각하면 가장 먼저 떠오르는 건 무엇일까. 계절에 따라 다르겠지만 그래도 사시사철 변함없이 가장 먼저 눈에 띄는 돌일 것이다. 끝 간 데 없는 돌의 행렬, 그것이 밭이나 목장을 경계삼은 밭담일수도 있고, 올렛담 일수도 있고, 혹은 산담 일수도 있다. 아니면 짙푸른 바다 덕분에 더 검게 보이는 바위들일지도. 어쨌건 변함없는 건 돌의 연속이고, 돌의 무더기이며, 돌들의 잔치, 돌의 예술이다.

우이 쒸!

아무리 둘러봐도 모둠벌초에 여자가 끼어 있는 집은 우리밖에 없다. 그건 오고가는 사람들 모두의 시선을 한 번 씩 받는 일이라 부끄럽고 불편한 일이다.

내 속이야 어쩌든 간에 아버지와 삼춘들은 풀베기에 여념이 없다. 수북하던 잡초더미가 쓱쓱 베어져 먼데로 던져지고 정교하게 쌓은 산담이 그대로 드러난다. 말쑥하니 드러난 무덤은 어느 하나 모난데 없이 봉우리는 봉긋하고 아래로 내려가며 올챙이 꼬리처럼 매끈하게 빠졌다. 어느 쪽이 머리인지 아이들과 내기까지 하며 궁금해 했었지만 정작 어른들한테는 물어볼 생각을 하지 않는다.

"하이고 영애가 같이 오니까 금방 되네~"

"게메마씸! 영애야, 다음해에도 같이 오게 이?"

"마우다. 남자도 아닌데 내가 왜 오나?

"무사 닌 자손 아니가?"

"경해도…"궁시렁 거리긴 하지만 일이 힘들어서 그렇지 사실, 이렇게 들로 산으로 쏘다니는 일은 나의 큰 즐거움중의 하나였다.

이런 나를 두고 어머니가 종종 하시던 말씀 '어이구~ 저 펄렁도채비!'

아래를 내려다보니 벌초하느라 온 산이 남자들로 가득하다. 어떤 집은 거의 20명 넘게 온 집도 있다. 우리는 수염이 하얀 할아버지와 나까지 합쳐도 7명뿐인데.

해마다 삼춘들이 모둠벌초 한다고 산 너머에서 오면 꼭 폭우

나 태풍을 만나지는 게 수상하다고 올해는 8월초하루를 넘기고 늦게 왔다. 그들이 안 온다고 해서 태풍이 넘어간 건 아니니 벌초 끝내기 전에 태풍을 만날 확률은 아직도 남아있다. 아! 그건 그렇고. 우리 집에는 남자가 귀한 것이 문제이다. 제사 때나 명절 때나 벌초 때나.

섬에서의 여권은 굉장히 세서 평등 한 것 같은데도 들여다보면 꼭 그렇지만은 않다. 집안에는 반드시 아들이 있어야 하고, 없으면 양자라도 들인다. 제사상 앞에서 절하게 하는 법이 없고, 모둠벌초 같은 집안 행사에도 여자는 데려가지 않는다. 우리 집에서야 벌초 할 사람보다 산(산소)이 많으니 어쩔 수 없이 데려가는 것이고.

겹담으로 쌓여진 산담이 사방에 흩어져 있다. 한자리 끝내고 나면 산을 넘어가야 하거나 다른 마을로 들어가야 하는 때가 많다. 어림잡아 한자리 당 10평 내외 되는 것도 있으니 적은 인원으로, 그것도 낫을 들고 하려니 등골이 다 쑤시다. 나는 노는 거 반, 딴 짓거리 하는 것 반인데 툭 하면 허리 펴며 힘든 표정으로 죽겠다는 표정을 한다.

본시 죽은 사람들과 무슨 영혼의 교감이 있었던 것도 아닌데 나는 산담을 보면 편안하다. 산담 위에 앉아서 세세히 보면 겹으로 쌓여진 넓고 정교한 것이 마치 건축의 예술적 측면을 보는 것 같기도 하고, 죽은 자의 견고한 집이라는 데에 생각이 미치면 삶에 대한 철학적 사유를 하기도 한다.

오래 된 산담 일수록 세월을 견뎌 온 돌들의 얼굴이 달라진다. 삭혀진 것처럼 희끗희끗 해진 돌이 있는가 하면, 파릇하게 이끼가 낀 돌, 혼자서만 풍상을 겪은 듯 팍 삭은 돌등, 하나의 산담을 이루면서도 모두가 다 다르다. 그러면서도 한데 힘을 모아 보일 듯 말듯 완만한 기와의 곡선처럼 꼭지가 올라가게 한 것이 아! 나도 모르게 탄성을 지르게 한다.

그러한 산담을 가진 커다란 산이 우리 과수원 가장 양지 바른 곳에 하나 있었다. 어릴 적, 작은 몸으로 볼 때는 그게 얼마나 크고 넉넉해 보였는지, 놀이터 삼기에도 전혀 부족함이 없었다. 그 산담 한 쪽에는 꼬마가 드나 들 수 있는 정도로 트여지고, 위에는 커다란 돌이 대문의 기와처럼 얹혀있었다. 나중에 알았지만 그건 산주인의 영혼이 바깥출입을 할 수 있도록 만들어 놓은 神門(신문)이었다. 하지만 우리 눈에 영혼은 보이지 않으니, 주인대신 내가 동생들과 숨바꼭질 하며 무시로 드나 들이 했으니 주인이 노했을지도.

외겹 산담을 가진 산소면 벌초도 간단한데 어찌 우리 조상들의 묘는 하나같이 다 겹 산담인지, 보아하니 들불을 놓을 만한 들도 아니고, 소나 말이 들어올지도 모를 목장 지대도 아니다. 그냥 나무가 많은 산 중턱이거나, 남의 밭 한 귀퉁이거나(한가운데가 아니니 얼마나 다행인가), 간혹 마을 어귀인 경우도 있다. 모두가 왼쪽이나 오른쪽에 신문이 있고, 없는 곳에는 발 디딤돌이 있다. 네 꼭지점이 살짝 위로 곡선을 그린 것도 있고 아닌 것도 있다.

산담 위는 어느 곳이나 고르고 평평하다. 누워 있어도 등이

베기지 않으니 어쩌면 집이 답답한 산 주인이 종종 올라와 쉬는 건 아닌지.

죽음은 삶과 별개의 것이라고 딱 잘라 경계를 두고 싶어 하지 않는 곳, 산담은 그런 곳이다.

저녁 어스름이다. 할아버지와 아버지와 삼촌들은 방금 벌초를 끝낸 산담 위에 앉아 땀을 식히고 있다. 가져온 막걸리 한 잔을 부어 산위에 먼저 뿌리고 모두 조금씩 나눠 마신다. 아직도 벌초를 하지 못한 여남은 개의 산소가 기다리고 있다. 아마 내일이면 끝날 것이고 다음 해 이때까지 모두 안녕 하기를 바라며 돌아 올 것이다.

모둠 벌초는 각자 하는 집안 벌초와 별도로 한 조상 밑의 자손들이 모두 모여 그 윗조상의 묘를 벌초하는 것이다. 학교에서는 음력 8월 1일이면 벌초방학을 했고, 직장인들은 하루 휴가를 내어 반드시 참석하고 돌아간다. 육지에서 직장을 다녀도 마찬가지였다. 섬에서는 이런 세시풍속을 통해 문중의 힘, 가족공동체를 공고히 한다.

나를 키운 건
8할이 바람이라구요

'나를 키운 건 8할이 바람이었다.'라고, 시인이 시로 쓰는 바람과 의미는 좀 다를지라도 섬사람들을 키우는 건 8할이 바람이다. 바람이 많기도 하지만 날카롭고 매섭다. 해서 섬에서의 삶은 바람의 저항을 약하게, 혹은 거슬리지 않으려는 노력과 지혜로 점철 됐다고나 할까. 그만큼 바람은 삶의 중심에 서 있다. 다스리거나 이겨내지 못하면 섬에서의 삶은 가혹해진다.

여름이 끝났지만 아직은 한창 더운, 모둠 벌초하러 산 너머에서 친척들이 올 때면 여지없이 태풍이 몰아쳤다. 해마다 그렇진 않았더라도 늘 그랬던 것처럼 태풍은 잦았다. 오죽하면 모둠벌초 하러 오면서 혹시나 '태풍이 지나가고 나면' 하면서 하루 이틀 늦게 올까. 그렇지만 하루정도 벌초를 더 해야 할 분량이 남아있는 지금까지도 태풍은 오지 않았다. 어쩌면 이번에는 벌초가 다 끝날 때까지 바람 한 점 없이 그냥 푹푹 찌는 걸로 끝날지도 모른다. 그랬으면 하는 것이 모두의 바람이다.

비록 모둠 벌초 때문에 온 것이지만 오랜만에 온 친척들로 집은 북적거리는 잔치 집 같다. 하루 종일 산과 들을 헤집으며 벌초하느라 애쓴 삼촌들이 어스름한 마당 평상에 옹기종기 모였다. 저녁 식사 겸 술자리가 길게 이어지는 중이다. 늘 조용한 집의 난데없는 시끌벅적함이 옆집 삼촌까지 끼어들게 했다. 술자리는 한창 흐드러지는 중이다.

"오늘 폭삭 속아수다들!" 아버지가 술을 따르며 삼촌들에게 말한다.

"푹푹 찌멍 ㅂ름 흔 점 없는 것이 아맹해도 이상ㅎ여!."

"게메, 태풍이 벌써 지나 갔어야 되는 건디."

지친 몸에 술이 들어가면 취기가 빨리 돈다. 비틀거리듯 일어나 화장실 가면서 막내 삼촌이 중얼거렸다.

바람이 힘을 그러모으는 중인지 대기의 흐름이 멈춘 것처럼 고요하다. 어슴푸레해지다 마침내 어두워질 때까지도 나무 그림자는 흔들림이 없다. 오직 바람의 음모를 눈치 챈 듯한 온갖 벌레들만이 자지러지게 울어대고 있다. 날은 견딜 만큼 시원해져서 그래도 그나마 다행이다.

"낼 끄장만 허민 되난."

밤이 깊숙해졌다. 모두가 잠든 사이 바람이 슬슬 힘을 들이기 시작한다.

파도의 끝이 날카로워지고 너울은 넓어지면서 높아간다. 바위에 붙었던 생명들은 어느새 깊숙한 곳으로 모습을 감췄다. 뭍에서도 모두가 바빠졌다. 소리 높여 울던 벌레들이 다 어디로 갔는지 찍소리 없고, 가지째 흔들리는 나무의 움직임이 커진다.

다닥다닥 붙어 있어진 돌은 더 큰 바람이 불어 닥치기 전에 성글어 지려하고, 담 밑의 풀들은 조금이라도 더 붙어 있으려 애쓴다. 사람들이 잠든 사이 부엌을 제 집 드나들듯 하던 쥐들도 지금은 땅속 깊이 기어들어 가 있나보다.

밖의 이런 소란은 아는지 모르는지 지친 몸들은 죽은 듯이 잔다. 점점 커지는 바람소리는 그저 꿈인가 보다 하는 중이다.

빠직~

짧게, 뭔가 부서지는 소리가 난다. 안뒤를 헐어내고 들인 수돗가에서 나는 소리이다. 이어서 지붕 위를 뭔가가 긁으며 구르다 떨어지는 소리가 난다. 어머니가 가장 먼저 눈을 떴다. 밖에는 비와 함께 바람이 점점 굵고 두터워져 가고 있었다. 낮 설지 않은 모습이다.

어머니가 마당으로 나가 미처 안으로 들이지 못한 것들을 집 안으로 들인다. 우녕팟(뒷곁)과 지금은 창고로 쓰고 있는, 소가 없는 쇠막의 문이 잘 닫혔는지를 보고, 할아버지가 있는 밖거리도 살핀다. 그리고 돗통으로 가 돼지우리가 온전히 버틸지 한 번 확인하고는 안으로 들어온다. 다른 사람들은 거세지는 바람소리가 들리지 않는지 여전히 깊은 잠에 빠져 있다.

우루루루루~꽝!

빛이 번쩍 하는 것도 잠깐, 천지가 부서질 듯한 뇌성과 함께 비를 싸안은 광풍이 몰아친다. 다시 또 빛이 번쩍거린다. 이번에는 천둥이 울기도 전에 한 번 더 번쩍하고는 어둠속으로 사라진다. 그 찰나의 순간이 마치 어마어마한 고통을 겪지만 비명조차 지르지 못하고 사라지는 무슨 존재 같은 느낌이 든다.

이쯤 되자 고단했던 몸들이 부스럭대며 자리에서 일어난다.

어머니와 아버지가 우비를 걸치고 과수원으로 달려간다. 지금 가서 뭘 할 수 있다고, 내일 아침에 가지. 나는 걱정도 되고 따라가기는 싫어서 칭얼거린다. 아버지가 나를 집 밖으로 나오지 못하게 한다.

방풍목 가지들이 부러져 지붕을 덮치는 소리가 들린다. 얇은 스레트 지붕이 견뎌낼까. 굵은 허리를 가진 올레의 목구슬 낭(나무)도 견디기 힘든지 휘이휘이~ 가쁜 숨을 내쉬며 바람에 저항하지 않으려 애쓰고 있다. 적어도 뿌리까진 뽑히지 말아야지, 나뭇가지 몇 개쯤은 벌써 바람에 내 줬다.

저 밑에서는 바다가 뒤집어 지고 있는 중이다. 꿈결 같던 해안도로에는 하늘까지 오르던 파도가 그대로 덮치고, 깊숙이 피신하지 못한 바다 속 생물들이 파도에 실려 길가로 패대기쳐진다. 사람들의 찬사와 환호로 가득했던 길은 금세 오물을 뒤집어 쓴 거대한 쓰레기장이 된다. 한편.

윗물과 아랫물이 회오리치듯 뒤섞이며 탁하고 오래된 것들과 몸을 섞어 정화한다. 태풍이 가라앉고 나면 생물들은 더 건강한 생태환경을 선물로 받는다.

새벽녘이다. 시간이 꽤 지났는데 아버지 어머니가 오지 않자 삼춘들이 과수원으로 달려간다. 가는 길에는 비가 오면 물이 불어나며 길을 막는 내창(건천)이 있다. 매일 다니는 길이지만 이렇게 물이 불은 날은 조심해야 한다. 지금은 다리가 놓여서 그런 일이 없겠지만 마을 아이들이 간혹 물에 휩쓸리는 사고를 당했던 곳이다. 더구나 지금은 어둡고 모든 것을 날려버리는 광풍이 몰아치고 있으니, 혹시나 하는 염려로 바람소리와 함께 밤을 새웠다.

태풍 속에 과수원으로 달려간들 할 수 있는 것은 없다. 부모님도 그건 아신다. 그래도 가만있지 못해서 그냥 달려 갈 뿐이다. 그들이 애지중지 키우는 것들과 같이 견뎌주기 위해.

날이 완전히 밝자 바람이 조금씩 평온해지기 시작했다. 바람의 힘에 가세해 내리퍼붓던 비도 부슬부슬 하는 정도로 가라앉았다.

마당과 올레의 풍경은 처참했다. 밤새도록 태풍에 시달리다 꺾인 크고 작은 나뭇가지들이 온통 마당과 우녕팟과 장독대를 덮었다. 바람을 막으라고 심은 집 뒤의 커다란 측백나무 몇 그루는 허리가 뚝 부러진 채 앞에 있던 감나무를 덮쳤고 촘촘히 쌓은 돌담들이 무너져 꽃 봉우리를 달고 있던 국화들을 깔아뭉

갔다. 가볍게 닫혔었는지 쇠막 문을 열어젖힌 바람이 그 안의 가벼운 것들을 꺼내어 마당으로 패대기쳐 놓았다. 이 정도면 과수원은 어땠을지 안 봐도 뻔하다.

우리 올레의 구멍이 숭숭 뚫린, 무너질 듯 엉성하게 쌓은 돌담만 바람에 길을 내 준 대신 멀쩡하다.

아찔한 어머니의
숨비소리

어머니가 물소중이와 적삼을 입고 잠수 하는 것에 대한 기억은 초등학교 때가 마지막이다. 그 이후는 바다에 가더라도 몸빼 차림 그대로 얕은 물에서만 잠깐씩 잠수를 하곤 했다.

이미 직업으로서 잠녀 일은 하지 않았던 어머니도 여름이면 종종 바다 속으로 들어갔다. 하루도 쉬지 않고 일을 해야 하는, 일이 꼬리에 꼬리를 물고 어머니의 인생을 붙들고 있는 것처럼 보일지라도 여름이면 어머니는 쉼처럼 바다로 갔다. 바다는 구불거리는 길 같지 않은 길과 그 길이나마 끊어져서 남의 밭을 가로질러야 갈 수 있는 곳에 있었다.

외할머니가 오래 전에 쓰던 낡은 태왁을 구덕에 넣고 반지기 보리밥과 된장을 점심으로 싸들고 어머니는 우리들을 앞세워 바다로 간다. 동네 어머니 친구들도 자신의 아이들을 앞세우며 뒤따랐다.

어머니와 같이 바다에 왔다는 것이 신나는 일. 돌아갈 때 빈 구덕으로 간다 해도 서운 할 일은 조금도 없겠으나, 검은 현무 암으로 이루어진 바닷가 돌에는 보말과 군벗과 굴들이 우리를 기다린 듯 다닥다닥 붙어있었다.

아이들이 냅다 소리를 지르며 바다로 뛰어든다. 물이 빠져 얕아진 곳도 물은 맑아서 퍼렇게 속이 다 보인다. 갑자기 소란 스러워지자 집속에 편안히 들어앉아 쉬던 보말들이 그 여린 발 을 꺼내 급하게 바위 밑으로 도망간다. 어머니 친구들도 골갱 이와 구덕을 들고 아이들처럼 이리저리 물밑 바위틈을 더듬고 있다.

우리 마을에서 깊은 바다로 들어가 잠수 할 수 있는 사람은 어머니뿐이었다. 본디 바닷가에서 나고 자란 탓에 배우거나 하 고 싶지 않았어도 물질은 저절로 배워졌고 하게 되었다. 그러 다 농사만 짓고 사는 동네로 시집오게 된 것을 너무나 다행으 로 알았다는 얘기는 나중에 들었다. 물질로 먹고 사는 건 정말 너무 힘든 일이라고.

어머니가 하얀 무명천으로 만든, 위아래가 붙어서 끈으로 동 여매는 물소중이로 갈아입고 수경을 머리에 이고 바다로 들어간다. 어머니를 따라 나도 같이 들어가지만 이내 멈춰 섰다. 물이 허리위로 찰랑거리자 어머니가 더 이상 들어오지 못하게 한다. 나는 그 자리에 선 채 어머니 다리가 하늘로 치솟았다가 바다 속으로 들어가는 것을 보며 나도 바다 속으로 들어갔다. 나는 간신히 눈을 가린 물안경에 의지해 물속을 들여다보지만, 금세 숨이 차올라 빈손인 채 물 밖으로 나오고 말았다. 어머니는 아직도 바다 속에 있는 모양이다. 언제쯤 올라오실까, 어차피 사람이 숨을 참는 것은 한계가 있으니 금방 올라 오리라며 기다렸다.

한참을 기다리는데, 기다리는 내가 다 숨이 차는데 어머니가 바다위로 떠오르지 않는다. 어머니가 내려간 곳에선 태왁만 파도에 흔들거리고 있다. 시간이 느리게 간다. 물이 밀려갔다 밀려오며 나를 흔들어 댄다. 어머니가 자맥질하고 들어간 바다를 뚫어지듯 쳐다보느라 내 눈에 눈물이 차오른다. 쿵쿵 거리는 심장이 밖으로 튀어나와 물위로 떨어질 것 같다. 어찌 할 줄 몰라 나는 동네 어른들이 있는 곳을 쳐다보았다. 그들은 바위틈을 헤집느라 여념이 없었다.

계속 태어나는 동생들과 일에 쫓기던 어머니는 나를 제대로 안아 준적이 없다. 제대로 안겨보지 못한 나는 평생 근원적인 외로움에서 벗어나지 못해 바람이 드나드는 가슴을 안고 산다. 그래서인지는 모르나 어머니는 나의 종교다. 믿고 의지하고 신뢰하면서도 늘 갈구하게 한다. 어머니는 나의 시작과 끝이었다. 나의 모든 것인 어머니가 물속에서 떠오르지 않는다.

큰 파도와 작은 파도가 번갈아 가며 치고 박듯이 바위위에서 부서진다. 포말이 길게 하늘로 올라갔다 내려오며 뜨거운 여름 햇빛을 물밑으로 실어 나른다. 나는 눈물 콧물이 얼룩진 얼굴로 엉엉거리며 물속을 걸어 앞으로 나아갔다. 파도의 힘에 밀려 한 발자국 나가면 두어 발자국이 뒤로 밀리는데, 그래서 미치겠는데 갑자기, 호오오이~~하는 숨비소리와 함께 내 앞에서 어머니 얼굴이 불쑥 올라왔다.

　내가 긴 한숨을 다 내쉬기도 전에 어머니가 전복과 소라와 성게를 가득 담은 망사리를 들고 바위 위로 올라간다. 한 손에는 호미와 함께 미역도 몇 줄기 들고 있다. 웃음이 가득한 어머니의 얼굴이 햇빛 속에 가득하다.

오늘의 쉐프는
아버지입니다

　아버지가 수돗가에 쭈그리고 앉아 자리을 다듬고 있다. 무슨 볼일인지 우리 집으로 들어오던 학이네 삼춘이 마당까지 안 들어오고 담 위로 얼굴을 삐죽이 내민다.

　"성님! 뭐햄수과?"

　"어, 물회 허잰."

　"이왕 허는 거 흥끔 하영헙서, 나도 먹쿠다."

　"알아서, 거기 있지말앙 혼저 들어오게." 삼춘 얼굴이 담 위에서 사라지고 대신 마당 안으로 들어오는 발자국 소리가 들린다. 아버지는 한바구니 가득한 자리들을 수돗가에 펼쳐 놓고 큰 것 작은 것 구분하여 분리하는 중이다. 큰 것은 구워 먹자고 소금 쳐놨고, 작은 것들은 강회나 물회를 하고 나머지는 조릴 것이다.

얼마나 오래 사용했는지 도마 가운데가 움푹 패였다. 삼춘이 옆으로 와 같이 쭈그리고 앉는다.

"많이도 샀네."

"처 조캐가 들고 나오신디 마침 떨이 허는 중이라 다 가져왔쥬. 무사?" 아버지는 무슨 일로 왔는지 묻는데, 삼춘은 같이 다듬으려는지 칼을 찾아 담에 괴어둔 맷돌에 간다.

학이네 삼춘은 아버지와 의형제를 맺은 삼형제중 가운데다. 같은 동네라 자주 어울리지만 아버지와는 성향이 많이 다르다. 자기만의 묘한 고집이 있고 계산적이지 못하며, 약간 이상적인 (비현실적인) 아버지에 비해 꽤 현실적이고, 실리적이며 야무지다. 종종 아버지의 허투루 한 면모를 꼬집어 주느라 싫은 소리도 하게 되는데 아버지는 별로 달라지는 게 없다. 막내 삼춘은 우리와는 먼 곳에 있는 윗동네 숙이네다. 셋 중 가장 뼈대가 튼튼해 보이고 활달하며 술을 좋아한다. 삼춘 둘 다 형제들이 있고 친척들도 많으며 아버지와는 영판 다르다. 그런데 어떻게 서로 의형제를 맺게 됐는지 모르겠다. 더구나 아버지는 동네에 더 친한 사람들도 많은데.

맏이가 되는 우리 집에 세 부부가 모여서 소박하게 차려진 술상을 가운데 두고 앉았다. 비록 손가락을 잘라 피를 나누는 의식은 행하지 않았지만 도원결의 못지않은 다짐을 한다. 각자의 앞에 놓인 술잔을 들어 건배하며.

아버지들이 의형제를 맺자 어머니들은 자연스레 동서지간이 됐다. 외아들 외며느리에서 어머니는 갑자기 시동생과 아랫동서를 거느린 맏이가 된 것이다. 원래 그런 사람인지 어머니는 맏이 노릇을 톡톡히 한다. 부부간의 문제가 생기면 달려오고, 시댁 누군가와 악다구니 하고 나서는 찾아와 어머니 앞에서 펑펑 울기도 한다. 특히 윗동네 삼촌 부부는 각각 찾아와 부인은 남편을, 남편은 부인을 쥐어뜯는다. 아버지 어머니는 번갈아 가며 그들이 하는 얘기를 들어 주느라 바쁘지만 같이 험담하는 일은 하지 않는다. 원래 우리 집에는 윗동네 삼촌 말고도 동네 여자들이 마실을 많이 온다. 와서는 이런저런 하소연하고 소도리(소문)내고 하지만 일체 들은 얘기를 입 밖으로 내는 일이 없다. 어머니는 그냥 들어주고 게메~ 하며 다독일 뿐이다. 애써 좋은 사람 노릇 하느라 그러는 것이 아니라 그냥 그런 사람이다. 어머니는 잘 익은 된장 맛이 나는, 그런 된장을 담은 항아리 같은, 가슴속에 연민은 가득한데 곰살 맞은 데라곤 별로 없는, 아버지 표현을 빌리자면 툭툭하고, 독하고, 여성다운 데라곤 없는 사람이다. 그런데 우리 동네에서 어머니를 그렇게 폄하하는 건 오직 아버지뿐이었다. 당신에 대한 동네 사람들의 무한 신뢰와 인심이 모두 어머니 때문에 생긴 것이라는 걸 아버지는 어머니가 돌아가실 때까지 몰랐다.

두 형제가 도란거리며 자리의 머리를 누르고 비늘을 벗겨내

고 있다. 머리를 눌린 채 가죽이 벗겨지고 있는 자리가 있는 힘
껏 꼬리를 파닥이며 비명을 지른다. 살려줘! 알아들을 리 없는
아버지와 삼촌은 탱글탱글한 살집에 입맛을 다신다. "흠 싱싱
하네!" 하며 머리를 싹둑 썰어낸다. 맥없이 자리의 꼬리가 도
마에 착 달라붙자 곧이어 그것도 썰려 나간다. 새끼손가락만한
자리의 머리와 꼬리를 자르고 엄지손톱만큼 들어있는 내장을
꺼내고 나면 자리는 통통하고 탱글한 살집과 뼈만 남는다.

아버지와 삼촌이 커다란 양푼에 모든 자리를 그런 식으로 다
듬어 놓는다.

"윗동네 아시도 부르자." 아버지가 제안했다.

"경허카." 학이네 삼촌이 일어나 전화하기 위해 안방으로 간
다.

학이 삼촌네는 별스런 일이 없는, 그러기도 쉽지 않을 만큼
무탈하게 산다. 여자 삼촌이 귀엽고 애교가 있는데다, 싸울 일
이 없지만 싸움도 꼭 사랑하듯이 싸운다. 나와 동갑인 아들이
하나 있지만 아들 하나 더 보겠다고 하다가 딸만 다섯이나 둔
것이 고민이라면 유일한 고민인 삼촌이다.

세 형제는 한 달에 한 번씩 번갈아 가며 저녁 부부 모임을 한
다. 모여서는 그날 특별히 차린 저녁을 먹고 곗돈을 내고, 모은
돈으로 뭐 했는지 하며 의논하고, 그리고 술과 얘기를 나누며
논다.

요즘 같으면 충분히 노래방이라도 가겠지만(나중에 알았지
만 아버지는 정말정말 음치였다.) 그때는 딱히 놀 거리가 없었

다. 대체로 민화투를 하기도 하지만 아버지 형제들은 그런 것도 하지 않았다. 그저 술 한 잔 하며 오만 동네 사람들 얘기에 올해 귤 농사는 어쩌구 저쩌구, 공동 목장은 어쩌구 저쩌구.

그런데 그거 아는지. 얘기는 할수록 얘기 거리가 늘어난다는 것을. 오랜만에 만나면 할 얘기가 무수히 많을 것 같지만 오히려 매일 만나는 사람보다 할 얘기가 없다. 이해가 안 가지만 그렇다. 아버지 형제들도 매일이다시피 만나는데 무슨 얘기를 저렇게 할 게 많을까 싶은데 끊임없이 얘기가 나온다.

식구란 밥을 같이 먹는 사람이다. 밥을 같이 먹는 사람은 가족이고, 매일 같이 밥상머리에 같이 둘러앉을 수 있는 사람은 특별히 사랑을 입에 담지 않아도 사랑을 느낀다. 비록 남이지만 수시로 만나 밥상에 둘러앉고, 불쑥 찾아 술 한 잔 하며 마주하고, 부러 형제라 하고 다니면 정은 더욱 가는 법이다. 정이 특별한 사람들은 무언가를 많이 해줘서가 아니라 이렇게 마주하는 일이 많은 사람들이다.

동네 사람들은 이런 아버지와 형제들을 부러워했다. 모두다 형제들이 있는 사람들이지만 이상하게도 피붙이 형제들과는 오히려 이렇게 되지가 않았다. 농사일 틈틈이 서로 오고가고 안부를 묻고, 챙기고 종종 모이면서 우애를 다지는 모습은 보기 좋았다. 보기 좋을 뿐만 아니라 사람과 사람과의 유대로 인해 안정감을 갖게 했다.

"아시는 목장에서 아직 돌아오지 않았다네?"
"오거든 이리로 보내랭 허지."

"경 안해도 같이 오랭 해수다. 목소리 들어보난 또 싸운 모양이라."

"아주망이 좀 왕왕 거려야지 원."

"아시도 만만치 안허우다, 아주망이 경 안허민 맨날 술독에 빠정 살지 어떵 알아."

날것 그대로 뼈째 먹을 생선이라 잘 다듬은 자리를 얇고 어슷하게 썬다. 아무래도 사람 수가 늘어 날 것 같은지 아버지는 조림용으로 빼 놨던 자리마저 앞에 두고 비늘을 다듬는다. 이럴 때 어머니는 어디로 갔는지, 길어진 여름 해에 기대어 아마 아직도 밭에서 김을 매고 있는지도 모른다. 김매는 일에 아버지가 쭈그려 앉아서 하는 법은 없어서, 다른 일이 있지 않은 이상 밭에는 어머니 혼자 가는 일이 많다. 그러다 보니 아버지 혼자 신선놀음 하듯 그늘에 앉아 바둑을 두거나 이렇게 당신이 좋아하는 재료를 만나면 음식을 만드는 일이 종종 있다. 그중 자리 물회는 새끼회 등과 함께 오직 아버지만 요리하는 전문 품목이다.

"영애 어멍이 통 못허게 허영 앞으로는 새끼회 못 먹음직 허다."

"무사?"

"내 알 말이냐. 무사 못허게 허는지. 징그럽댕 허는 것도 같고, 꼭 새끼꼬장 먹어사크냐는 둥, 꿩도 못 잡게 허더니…. 사름이 보기완 영 달라."

"아주망이 여린 데가 이십주."

아버지가 양푼 가득 썰어진 자리에 된장을 넣고 고추장을 살짝 풀었다. 마늘을 다져넣고 그 위에 참깨와 설탕과 미원이 뿌려진다. 푸른빛이 선명해 옹골차 보이는 새우리(부추)를 송송 썰어 넣었다. 삼춘이 누렇게 익어 쭈그러져가는 몰외(노각) 껍질을 벗기자 푸른빛이 돌다 만 속살에 물이 잔뜩 들었다. 아버지가 그것을 받아들어 반으로 가르고 속을 파낸다. 가늘게 채 썰어 새우리 위에 올리고, 매운 고추도 반을 갈라 송송 썰어 넣었다. 그 위에 참기름을 듬뿍 친다. 슥슥 비벼가며 양념이 골고루 배이길 기다린다.

음식은 눈과 코가 먼저 먹는다. 참기름과 깨가 원래 그랬던 것처럼 한 몸으로 엉켜 몽글몽글 냄새를 피워 올린다. 자극은 코끝을 시작으로 안쪽 깊이 까지 전해진다. 동시에 눈으로는 색을 쫓았다. 짙은 갈색과 푸른 색, 푸르다 만 색, 아직은 뭔가 미진하다.

올레 끝에서 어머니 목소리가 들린다. 다른 어머니들 목소리도 들린다. 다들 밭에 갔다 오다 마주치자 그대로 앉아 잠시 수다 떠는 모양이다. 우리 올레 입구에는 사람들이 앉아 놀기 좋은 크고 평평한 돌이 놓여 있다. 게다가 남이네 우녕팟에서 넘어온 커다란 나무 그림자가 시원한 그늘을 만들어 준다. 그 바람에 우리 올레 입구는 앞동산과 함께 어른들이 모여드는 곳이 됐다.

어르신들이 우리 올레에 앉아있으면 들고 나는 일이 난감했다. 지나갈 때마다 고개 숙이고 조신하게 지나가지만, 입에 올려지는 건 순식간이다. 우리는 그런 어르신들이 불편해서 웬만

하면 부딪히고 싶지 않다. 우리 올레니까 거기 앉지 말라고 하거나 그 돌팡을 치워버리고 싶은 적이 얼마나 많은지.

사춘기를 맞으면서부터 외출 하려다가 올레 끝에 사람들이 있으면 돌아왔던 적이 부지기수다.

"제피 넣야지?"삼춘이 묻는다.

"넣야지. 우녕팟에 가보라." 삼춘이 일어선다, 그곳엔 아버지의 보물 제피나무가 있다.

제피 잎이 들어가지 않으면 제대로 된 물회가 아니다. 하지만 나는 그것 때문에 물회 먹기가 거북했다. 나는 평생 아버지가 만든 물 회 한 그릇 제대로 먹어 본적이 없다.

요리하는 아버지 손끝은 섬세하다. 맛의 미묘한 차이도 알아차릴 만큼 아버지 혀끝도 손끝만큼이나 섬세하다. 그러한 혀끝과 손끝은 서로의 감각을 일치시키기 위해 온 신경을 모두 세운다. 그림을 그리고 붓을 들어 글을 쓸 때처럼 집중한다.

아버지가 숟가락으로 식초를 덜어 양념한 자리에 넣는다. 빙초산이다. 식초가 다양하게 나오지 않을 때의 얘기다. 신맛이 강해서 제대로 조절하지 못하면 음식을 망치지만, 양 조절이 제대로 되면 음식 맛이 깔끔하게 나온다.

"성님 그거 한 접시는 강회로 먹읍시다."

"경허카."

숙이네 삼춘 내외와 어머니가 들어오는 것이 보인다. '저 집은 싸운 것 같다더니 벌써 화해했나.'

저녁은 그저 내가 하고 있으려니 하고 올레 끝에서 놀던 어머니는 삼춘내외가 오자 그제 서야 아버지가 자리물회 하는 걸 알았다. 그것도 온통 다 불러들이면서.

어머니가 씻는 동안 마당 평상에 밥상이 차려진다. 아버지와 삼춘이 하는 얘기를 들으면서 나도 밥을 넉넉히 얹혔었다. 그런데 평상이 모자라겠다.

"아주망 오랭 허지?" 아버지가 자리양념무침에 시원한 물을 부으면서 학이네 삼춘한테 말한다.

"아이들 밥 차려 줘동 올거우다." 삼춘이 숟가락으로 국물을 한 숟갈 떠서 입으로 가져간다.

"우~ 좋다." 그 말에 나도 한 숟갈 떠서 입으로 가져간다. 입으로 넣기 전에 숟가락에 걸린 제피 잎을 떼어냈다. 음, 새콤함이 입안에 확 퍼지는가 싶은데 설탕의 달큰한 맛이 신맛을 부드럽게 해준다. 혀끝을 한 번 자극했던 새콤달콤한 맛이 자꾸 국물을 떠먹게 만든다. 밥과 함께 먹기 위해 자리와 제피를 뺀 물회 냉국 한 그릇을 따로 뺐다.

옛날, 맹자는 누구랄 것 없이 인간이라면 가장 탐하는 것으로 食과 色, 두 가지라고 했다. 요즘의 먹방들을 보면 선견지명의 명언이다. 그 프로들을 보면 온 국민이 오직 먹기 위해 사는 것 같은 착각이 든다. 먹는 것의 즐거움을 넘어 쾌락 수준이다. 한 번도 먹어보지 못한 요리들, 눈으로만 보는데도 침이 꼴깍 넘어가기 일쑤다. 재료의 다양함과 기술의 현란함이 눈앞에서 펼쳐지면 tv속으로 손을 집어넣어 꺼내고 싶어진다. 그런데 나는 왜 그 화면 너머에서 허전함이 보이는지.

윗동네 삼촌 부부가 티격태격하며 평상위로 밥그릇이며 국그릇들을 나른다. 열흘이 멀다하고 티격 거리는 그 삼촌네는 세 가구 중 가장 부자이다. 여자삼춘의 얼굴은 작고 통통하고 동그랗다. 욕심이 숨겨지지 않는 얼굴이다. 싸울 일이라고는 전혀 없어 보이지만 남의 집 가정사 부부일은 모른다.

학이네 여자 삼춘이 들어온다. 뒤이어 성근이네 삼춘 내외도 따라 들어왔다. 손에는 한 되 들이 '한라산' 소주가 들려있다.

오메기 술은
힘이 세다

동네에 술 좋아하는 사람은 많아도 오메기 술을 담글 수 있는 집은 몇 집 되지 않았다.

어머니 술 빚는 솜씨는 아버지에게는 자랑거리였다. 어머니의 굵은 허리와 투박한 말투가 늘 불만인 아버지도 어머니의 술 빚는 솜씨는 동네에 대놓고 자랑을 했다. 그래봤자 온통 술꾼들만 집에다 들이는 꼴이지만 어머니는 개의치 않았다. 집으로 벗이 찾아와야 아버지가 밖으로 돌지 않기 때문이다.

어머니가 술 빚는 광경은 내가 기억할 수 있는 가장 어린 날부터이다. 초가집일 때부터 작은방 군불 때는 아궁이(우리는 굴묵이라고 불렀다)에서 장작으로 불을 때가며 술 재료를 삶았고 요상하게 생긴(항아리 두 개를 포개놓은 것 같은데 수도꼭지 같은 것이 달려 있었던 것 같기도) 항아리에서 맑은 술을 빼내곤 했다. 지금은 기억이 가물거리고 또 현재 기억하고 있는 일이 진짜였는지 장담 할 수는 없다. (하지만, 그 작은 부엌에 앉아 불을 때던 어머니의 뒷모습과, 그곳에서 단속 나온 동네 사람(아마도 이장이 아닐까 한다.) 한테 술 한 사발 권하던 모습을 기억한다.)

술 빚는 것에 대한 단속이 심해지자 어머니는 술을 빚는 굴묵 입구를 짚단으로 막아 평소에는 사람이 들지 않는 것처럼 했다. 보통은 단속하는 사람들이 얼굴이나마 아는 사람들이어서, 짐작은 하면서도 집을 뒤지거나 하지 않았다. 그냥 조심하라는 몇 마디하고 가면 그뿐이었다. 그러다 단속반이 얼굴도 모르는 면 직원으로 바뀌고 단속이 심해지자 전전 긍긍 하느니 에라~ 하고는 아예 술 빚는 것을 그만 뒀다.

동네에 화투판이 성행하기 시작했다. 처음에는 농사가 끝난 후 그저 여가처럼 서로 모여 즐기는가 싶더니, 판이 커지기 시작하면서 도박판으로 변해갔다. 남자들은 틈만 나면 화투판으로 모이다가 급기야 일을 때려치우고 밤·낮을 잊은 채 도박에 빠져들었다. 젊은 남자나 노인네는 물론, 뒷날 출근해야 하는 직장인들도 마찬가지였다. 당연히 우리 아버지도 예외가 아니었다. 쌈짓돈은 물론 돼지 새끼 팔아 궤 속에 괴어 둔 돈까지

들고 화투판에 끼어들었다. 날이 밝아서야 벌개 진 눈을 하고 돌아오면 어머니는 천불이 나 사네 못 사네 대판하는 일도 수차례다. 어찌나 심각한지 나는 아버지 때문에 어머니가 죽거나 집을 나가 버릴지도 모른다는 생각에 근심 많은 날들을 보내기도 했다.

결국 보다 못한 할아버지가 아들을 나무라면 며칠은 잠잠하다가 병이 도지듯 아버지는 노름판이 벌어진 누군가의 집으로 달려가곤 했다.

이즈음 이런 도박은 우리 동네의 문제만은 아니었다. 6~70년대, 산업화 열기 이면에는 '끝이 좋으면 다 좋은 것이다'는 말이 실감날 정도로 한탕주의가 전국을 강타하던 때이다. 주부 도박단들이 검거되면서 사회 이슈화되기도 하고, 농한기의 전국의 시골에선 땅문서가 왔다 갔다 할 정도로 도박은 심각한 사회 병리현상중의 하나였다.

우리 동네 역시 열병 번지듯 번진 남자들의 도박을 어떻게든 끊어야 했다.

암만 생각해도 아버지가 그 곱상한 얼굴에 화투를 들고 있는 모습은 지금도 도저히 상상이 가지 않는다. 비록 농사일을 해야만 살 수 있는 형편이긴 하지만 아버지는 술벗 좋아하고 책 좋아하며, 그림이나 붓글씨 쓰는 일이 어울리는 사람이었다. 그런 사람이니 도박판에 끼어 봤자 홀라당 다 벗겨지고 나올 뿐, 단 한 번도 돈을 따서 가져 오는 일은 없었다. 급기야 어머니가 애써 마련해 준, 당시에는 흔치않은 일제 손목시계마저 화투장위에 벗어 놓고 새벽길을 털래 털래 돌아왔으니.

어머니가 본격적으로 오메기 술을 담그기 시작한 것은 이때쯤 부터가 아닌가 생각한다.

어머니가 보기에 아버지는 사람들과 함께 하는 걸 좋아했다. 외롭게 자란 탓이란 생각도 들었다. 해서 도박도 사람들과 어울리다 보니 본인도 모르게 빠졌을 거라 생각했다. 아무리 도박판에 가지 못하게 해도 며칠 조용할 뿐 항상 도루묵인 것이 이러면 안 되지 싶었다. 아버지를 눌러 앉힐 방법은 한가지 밖에 없다고 생각했는지 모른다. 마침 사람들이 됫병들이 소주를 소비함에 따라 어느 순간부터 밀주 단속도 없어졌다. 해서 어머니는 술을 빚기 시작했다.

어디서 어떻게 배웠는지는 모르지만 어머니는 음식 솜씨가 좋았다. 동네 사람들과 똑같은 콩으로 메주를 담고, 그걸로 간장 된장을 담아도 어머니가 담으면 유독 깊은 맛이 났다. 그 장에 고추를 박거나, 반치지 장아찌를 담으면 여름 날 된장 냉국과 함께 다른 반찬이 없어도 밥 한 그릇은 거뜬했다. 해서 멜젓, 자리젓과 함께 동네 사람들이 얻으러 오는 바람에 어머니는 해마다 넉넉히 담아야 했다. 술을 빚거나, 여름이면 바다에서 캐온 우뭇가사리로 우무를 만들고, 겨울이면 꿩이나 돼지고기 혹은 닭을 넣어 엿을 만들었다. 어머니의 부지런함 덕에 우리는 다른 집에 없는 음식들을 다 먹어 볼 수 있었다. 뿐만 아니라 어머니는 손이 컸다. 아버지를 위한 오메기 술, 여름의 우무, 텃밭의 온갖 푸성귀 등등을 넉넉하게 했다가 이웃들이 오면 내어 놓고 달라면 덜어 주곤 했다. 그런 후덕한 어머니 덕에 아버지도 동네의 인심을 얻고 사는 중인데 이런 불미스런 일로 집이 종종 시끄러웠다.

어머니는 이참에 술을 넉넉히 빚어 아버지가 벗들과 마음껏 마실 수 있게 할 모양이다.

"우녕팟에 강 대나무 잎 잔뜩 훑어오라."

아무튼 뭐 하나 할라치면 내 일만 죽도록 늘어나는 것이 싫지만 어쩔 수 없다. 어머니도 그건 아는지라 오메기 떡 삶은 것을 하나 먹어 볼래냐고 물어 보지만 나는 고개를 젓는다. 암만 먹을 게 없어도 난 그 떡을 싫어라 했다.

집을 새로 지으면서 마루 건너에 있던 널찍한 고팡을 없애고 부엌 옆으로 공간을 좁게 들였다. 그 좁은 공간에 커다란 술 항아리 두 개를 집어넣느라 잡다한 물건들이 밖으로 내쳐진다. 술항아리는 간장 된장 담는 배불뚝이와는 사뭇 다르다. 옆구리에 손잡이가 달리고 입구가 좁은 길쭉한 항아리이다. 이런 항아리 두 개에서 번갈아 가며 술이 익어간다. 그러는 사이 정부에서는 농촌의 도박 실태를 조사하며 단속하기 시작했다. 아직 소식이 더딘 윗동네 사람들이 한 참 도박에 열중해 있을 때 경찰들이 들이닥쳤다. 아버지는 화투판에 시계를 풀고 온 날 이후 살얼음판을 걷듯 하고 있어서 그즈음은 요행히 도박판에 가지 않고 있었다.

만사 자기 고집대로 살던 아버지가 풀이 죽은 게 보기 안 좋은지, 어머니는 친정에서 해삼이며 멍게 등을 공수해와 잘 익은 오메기 술을 꺼내서 아버지 벗들을 불렀다.

이후 아버지를 찾아오는 벗들에 의해 술 한동이 담그면 익기가 무섭게 바닥을 드러낸다. 좋은 안주 거리가 생기면 들고 오고 아버지 스스로도 안주를 챙겨서 부르기도 했다. 술을 가운데 놓고 사람들과 함께 하는 것이 좋아서 술자리를 마련하지만 아버지가 술에 빠지는 일은 없었다. 술로 인해 실수 하거나 주정 할 만큼 술을 마시지는 않는 것이다. 그러니까 어머니가 담그는 오메기 술은 대체로 동네 사람들 입으로 거의 들어가는 샘이었다.

그나저나 정말 신기한 것은 이후 아버지는 언제 그랬냐는 듯, 어떠한 곳에서도 화투판에 끼는 일이 없어졌다는 것이다. 대신 일 할 때를 제외하곤 평생 바둑과 술과 벗을 끼고 살았다. 어머니가 아프기 전 까지 우리 집에선 오메기 술 냄새가 사라지지 않았다.

꿩, 그거 하나
제대로 못 맞히냥!

아버지가 다시 엽총을 챙긴다. 두툼하게 옷을 입고, 하나 밖에 없는 남동생에게도 단단하게 옷을 입게 한다.

며칠간 동네 사람들과 오름을 오르내렸지만 썩 성에 차지 않았다. 오늘 하루만 더 가보고 안 되면 다른 방법을 취해 볼 참이다. 창밖을 내다보며 눈이 얼만큼 쌓였는지 가늠 해보던 아버지는 옷을 한 겹 더 입는다. 옷을 많이 입을수록 몸이 둔해지지만 이런 날이면 꿩들도 쉽게 날아오르지는 못 할 터.

꾸물럭 거리는 동생을 재촉해 보지만 왠지 동생의 볼이 퉁퉁

부었다. 요 며칠 내내 어른들을 쫓아다니느라 제 친구들과 놀지 못해 뿔따구가 난 것이다. 꿩 사냥엔 사냥개가 반드시 필요하지만 동네를 다 뒤져도 똥개밖에 없다. 대신 어른들은 아이들을 데리고 가 꿩 몰이를 하게 한다. 꿩이 있음직한 곳을 여럿이 넓게 포위 한 다음 꿩 몰이꾼들이 달려가면서 휘이 휘이 소리 지르면 숨어 있던 꿩들이 날아오르고 이때 총을 가진 사람들이 꿩을 향해 총을 쏜다.

아무래도 동생은 따라가기 싫은 모양이다. 몰이꾼 노릇만 하다 빈손으로 오는 게 싫증난 것이다. 잘 됐다 싶어 내가 간다고 설쳐대니 아버지는 굳이 말리지 않는다.

나는 작은 정지에서 군불 때던 것을 밑에 동생에게 맡기고 옷을 챙겨 입었다. 내복과 쉐타와 그 위에 잠바까지, 양말 두 개를 겹쳐 신고 털신을 신었다.

밤새 눈이 내려 마당은 발이 푹푹 빠질 정도지만 짱짱한 겨울 햇빛에 눈이 부실지경이다. 집을 둘러 싼 검은 돌담과 측백나뭇가지 위의 눈들이 녹아 내려 빗물처럼 흘러내리고 있다.

골목이 시끌시끌하다. 언덕처럼 길게 내리막으로 이어진 우리 올레에는 아이들이 모여들어 썰매를 타고 있는 모양이다. 눈만 오면 우리 올레는 온 동네 아이들의 썰매장이 된다.

아버지를 따라 마당을 나섰다. 긴 엽총이 아버지 옆구리에서 달랑 거린다. 썰매 타는 아이들을 피해가며 큰길로 올라간다.

작은 정지에서 이틀 째 푹푹 고아지고 있던 꿩 엿 냄새가 길

게 따라 붙는다.

동네 사람 몇몇이 골목 어귀에 모여 있었다. 눈이 너무 많이 와서 마을 뒤로 올라가는 것은 위험하다고 하는 중이다. 아버지가 오자 어디로 갔으면 좋은지 묻는다. 글쎄.

마을 끝에는 개천을 사이에 두고 소나무 밭과 산담으로 둘러쌓인 무덤 하나 달랑 있는, 넓지만 높지 않은 민둥산이 있다. 민둥산은 아이들이 연날리기가 좋아서 겨울철 아이들 놀이 동산이고, 개천을 건넌 소나무 밭은 봄에 고사리 밭으로 변해 온 동네 여자들이 모여드는 곳이다. 요즘은 눈이 많이 와 그 두 곳 모두가 조용하다. 하지만 소나무 밭은 여러 사람이 사냥하기엔 부적합하다. 허니 민둥산이 낫다. 꿩들이 많이 내려와 있길 바라면서 모두 그리로 이동한다.

엽총을 가진 사람은 아버지와 또 한사람 경이 삼춘, 아이는 나를 포함해 두 명, 여자 삼춘은 한 명, 대체로 남자들로만 구성된 사람들은 모두 들떴고 긴장한 듯했다.

꿩 엿은 3일을 내리 고아야 한다. 그 엿을 고느라 불앞에서 눈물 콧물을 무지 막지 쏟아야 한다.

돌담을 넘어 민둥산으로 들어서자 발이 푹 들어간다. 눈이 내리 쌓이는 동안 아무도 그곳을 들어가지 않았는지 사람 발자국은 없고 새 발자국처럼 보이는 가늘고 긴, 막대기가 들어갔던 것 같은 자국만 보인다. 길게 자라지 못한 잡초들이 갈색으로 변한 채 눈 속에서 삐죽거리고 있다.

사람들은 약속이나 한 듯 산 정상을 향해 넓게 둘러싸며 올라간다. 우리 아이들도 어른들을 따라 뒤에서 조심조심 올라간다. 아무도 말이 없고 오직 사각거리며 눈 속을 걷는 소리와 거친 숨소리뿐. 사람들 사이의 간격이 점점 멀어진다. 무섭도록 고요하다. 저 위에 있는 산담을 둘러친 무덤가에서 뭔가 움직임이 있는 것 같다. 아니면 그 옆 잡초들이 무더기로 몰려 쌓여 있는 곳이든지. 햇빛이 눈에 반사되어 번쩍거리자 그 일렁임이 마치 사냥감의 움직임처럼 생각되어 사람들은 바짝 긴장한다.

　나는 아버지 뒤에 바짝 붙었다. 아버지는 언제든 총을 쏠 수 있도록 양손으로 총을 그러쥐어 있어서 걸음이 느리다. 먼저 올라간 사람들이 산담에 가까워졌다. 잡초더미도 포위망 안에 들었다. 저 수풀이나 산담 사이 바람코지를 피해 꿩들이 모여 있기를 바라면서 긴장을 더해간다.

　사람들이 서로 눈을 맞추면서 같이 소리 내어 꿩 몰이 하자는 신호를 주고받는다. 끄덕끄덕, 하나, 두울, 세~ㅇㅔㅅ.

　누군가 쿨럭 재채기를 한다. 그 바람에 꿩 하나가 푸드덕 거리며 하늘로 날아오른다. 아버지가 급하게 날아오른 꿩을 향해 총구를 겨눈다. 탕!! 그러자 산담 사이에서 몇 마리의 꿩이 다시 솟구쳐 날아오른다. 저쪽 끝에 있던 경이 삼촌과 아버지가 동시에 하늘을 향해 방아쇠를 당긴다. 탕탕탕!!!

　3일 동안 내리 고와낸 꿩엿은 항아리에 담겨 찬장 깊숙한 곳으로 들어간다. 나는 그것을 눈여겨 봐 두었다.

꿩은 어디에나 있다. 산이고 들이며 숲속이든 수풀속이든. 하지만 우리 눈에 쉽게 띄기 시작하는 것은 눈 내리고 추워지면서 꿩들이 먹이를 찾아 마을 가까이 내려 올 때이다. **이때 마을 사람들은 몇몇이 팀을 꾸려 종종 꿩 사냥을 나간다.**

과수원의 겨울나기를 위해 돌담과 방풍나무들을 정비하다 보면 밭 귀퉁이 아무데서나 푸드덕 거리며 날아오르는 꿩 때문에 놀라 주저앉는 일도 다반사. 꿩은 날개가 짧아서인지 날아오르는데 시간이 걸린다. 그렇게 종종 날 때를 놓쳐 사람 손에 붙잡히는 제수 없는 녀석부터 내 돌팔매 한 번에 고꾸라지는 녀석들도 있다. 안됐지만 그렇게 붙잡힌 녀석들은 꿩엿이나 꿩토렴이 된다.

총소리와 함께 꿩 한 마리가 떨어졌다. 나머지들은 금세 등성이 너머로 날아가 버린다. 아이들이 달려 나간다. 눈이 깊어 가다가 푹푹 고꾸라진다. 나도 달려갈까 하다 아쉬워하는 아버지의 표정을 보면서 그만두었다.

"하필 그때 지침(기침) 헐건 무신거라."

총을 쏠 자세를 취하기도 전에 꿩이 날아가게 한 사람한테 다들 궁시렁 거린다. 그러다 아버지한테도 원망이 쏟아진다.

"그까짓 꿩 흐나 ᄂ는 것에 총질 훌건 뭐 이서!"

"성질머리 급허난 그거주, 그거 하나 못 맞히멍 총은 무사 들렁댕겸신고?"

"것도 두 사름이나 총쏘멍 제우 흐나! 에구에구 손 비치릅다.”

불거진 소리에 아버지는 머쓱해졌다. 그런데 들을수록 불쾌
하다.

“에이씨~ 맨손으로 맹숭맹숭 쫓아 댕기는 것들이 뭔 말이 경
하! 경 잘해지커들랑 저사룸이 허크라?”

“……” 볼맨 소리 하던 사람이 입을 다물었다. 그래도 분이
안 풀리는지 아버지는 “마 니가허라” 하고 옆 사람한테 총을 넘
긴다. 총을 받아든 사람은 하필 윗집 춘기삼춘이다.

*아무도 없는 집, 나는 깊고 어두운 찬장 속에서 꿩엿 항아리
를 꺼냈다. 양은 국사발로 만든 뚜껑을 열고 숟가락을 집어넣
었다. 딱 한 숟갈만 먹으리라. 가득했던 항아리가 많이 내려간
다. 아침·저녁 아버지와 남동생에게만 한 종지기씩 보약처럼
먹이는 어머니를 떠올렸다. 가슴이 두근거린다. 그래도 나는
떨리는 가슴을 진정해가며 건더기가 있는 곳을 찾기 위해 집중
하며 숟가락으로 찍어본다. 마침내!*

*나는 조심스럽게 한 숟가락을 떠서 입으로 가져간다. 걸쭉하
고, 끈적거리며, 달짝지근한, 그리고……*
무어라 형언할 수 없는 갈색의 그 맛!

아버지의 날카로운 반격에 잠시 조용해진 사람들은 그대로
꿩이 날아간 등성이위로 올라간다. 민둥산 등성이는 다시 낮게
내려가며 눈 덮인 벌판이 이어졌다.

아까 날아갔던 꿩들이 멀리 가지 않고 그곳에서 폴짝 거리듯
걸어 다니는 것이 보인다. 풀숲에 숨었어도 긴 꽁지가 솟아올

라 '나 여기 있소!' 하는 것 같다.

사람들이 멈춰 섰다. 춘기삼춘이 아무도 앞으로 나가지 못하게 하고는 경이 삼춘과 뭐라고 의논한다. 그리고 자세를 낮추더니 긴 꽁지를 내놓고 풀 섶에 숨은 꿩을 향해 총을 발사했다. 팡! 명중이다. 풀 섶이 들썩거리며 다른 꿩들이 날아오르자 이번에는 경이 삼춘이 꿩들을 향해 연달아 총을 발사한다. 춘기삼촌은 미처 날아오르지 못한 채 뒤뚱거리는 꿩들을 향해 총을 쏘아댄다. 총소리에 섞여 퍽퍽!하는 소리와 꿩 울음소리, 푸드덕거리는 소리와 사람들의 함성으로 민둥산이 요란스러워졌다. 그렇게 사냥은 순식간에 끝났다.

한 숟갈만 먹으리라 하고 돌아섰는데 입안에 도는 엿의 달짝지근한 유혹이 끈질기다. 나는 다시 엿 항아리의 뚜껑을 연다. 이것만, 아니 한 숟갈만 더.

한집에 한 마리씩 배당하고도 남은 것은 총을 갖고 온 사람과 사냥에 지대한 공을 세운 춘기 삼촌이 나눠가졌다. 한 마리 혹은 두 마리씩 줄에 꿰어진 꿩을 들고 마을로 들어서자 사람들이 한마디씩 부러워한다. 사냥에 참가했던 사람들은 모두 의기양양해서 집으로 돌아갔다. 나도 으쓱했다. 그런데 아버지의 얼굴이 영 통씹은 표정이다. 엽총은 한 손에 늘어뜨리게 잡은 채 걸음새도 심통맞다. 집에 도착하자 아직도 엿이 고아지고 있는 작은 정지에다 엽총과 꿩을 패대기치고 들어가 버린다.

어느 새 숟가락이 항아리의 바닥에 닿는다. 아뿔사!

가슴이 덜컥 내려앉는다. 두근거리는 심장 소리가 귀에 들리

*는 것 같다. 숨도 멎을 것 같고 먹은 것이 도로 올라 올 것도 같
다.*

어머니가 아버지의 사냥을 금지 시켰다. 이유야 뭐가 됐든
하는 말은 '그렇게 찾아다니며 산목숨 죽이지 마시오'다. 게다
가 총을 집에 두는 것도 싫고. 아버지도 미련 없는지 동네사람
한테 엽총을 팔아버린다. 그렇게 그해 겨울의 꿩 사냥을 끝으
로 다시는 총을 잡는 일도 꿩을 잡는 일도 생기지 않았다.

*작살나는 줄 알았다. 그런데 아무일도 생기지 않았다. 어머
니는 분명 내 짓인 줄 알텐데 아는 척도 하지 않는다.*

살생을 하지 말라며 아버지의 사냥을 금지 시켰던 어머니.
그러나 식구들을 위해 닭의 목은 서슴없이 비틀게 한다.

우리만의 특별한 이야기

결혼식

첫 번 째 이야기
읗! 읗, 읗, 읗~!

영심이가 시집간다. 스물 셋인 어린 신부다. 소꿉친구 중 가장 먼저 하는 결혼식이라 친구들인 우리도 즐겁고 재미있고 설레기까지 하다.

잔치 집이 있는 골목 끝에서 돼지들의 단말마가 연이어 울려 퍼진다. 길고 고통스러운 그 비명은 밧줄에 목이매인 육중한 몸이 나무위로 끌어 올려 지며 내는 마지막 비명이다. 이 비명은 아이러니하게도 우리 인간들의 즐겁고 기쁜 잔치의 시작을 알리는 신호탄이기도 하다.

"잘 그슬러사 그 시커멍헌 털이 안보이지, 맹심헙서." 장정 대 여섯이 숨이 끊어져 축 늘어진 돼지들의 몸을 불로 그슬리며 까만 돼지 털들을 제거한다. 한 쪽에서는 커다란 가마솥에 물이 펄펄 끓여지고 있다. 좀 전까지는 살아 있는 돼지이던 이 짐승은 이제 고기가 되어 다양한 요리로 만들어질 참이다.

영심이네 집 입구 양쪽에 대나무를 세우고 끝을 동그랗게 해서 아치를 만들었다. 아치 한가운데에는 큼직한 글씨로 '축'이라고 되어 있고 그 '축' 양쪽에 역시 커다란 글씨로 '결ㆍ혼'이라고 쓴 카드가 붙었다. 빙 둘러진 아치를 따라 오색의 종이와 알록달록한 풍선을 달았고 그것들이 '축하 합니다'는 듯이 바람에 이리저리 흔들리고 있다. 누가 봐도 이집이 잔치집인 것을 알겠다.

"윷!, 윷 윷 윷~!"

마당 한 쪽, 멍석을 깔아놓은 곳에서 중년 남자들이 일제히 함성을 지른다. 누군가 윷으로 앞서 가던 상대편 말을 잡은 모양이다. 벌써 술이 얼큰한 아저씨가 다시 한 번 종지기에 담긴 윷을 흔들다 멍석 가운데를 향해 힘차게 던진다. 내기를 하는 건지 가운데서 말을 옮겨주는 사람 발밑에는 동전과 천 원짜리 지폐들이 가득하다. 그 옆에서 구경하던 보다 젊은 삼춘이 지나가던 아저씨를 붙잡는다.

"성님! 넉둥배기 혼번 행 가야지."

"어, 고만시라 요것만 해동." 아저씨는 손에 든 바케스를 내보이며 부엌 쪽으로 향한다. 바케스에는 방금 삶아낸 펄펄 끓는 육수와 고기가 담겨있다.

영심의 어머니가 여기저기 왔다 갔다 하며 음식 준비의 진두지휘를 하고 있다. 오늘은 물론 내일 가문 잔치에는 외가와 친가, 사돈까지 모두 올 것이고, 이 마을 사람 대부분이 올 것이다. 그들이 와서 먹을 음식이 넉넉하려면 대략 어느 정도인지 감은 잡았다. 마을 여자들이 삼삼오오 모여 한쪽에서생선을 튀기면 한쪽에서는 무침을 하고, 또 한 쪽에서는 고기를 다듬고 있다. 모두가 시끌시끌하면서도 알아서 이쪽저쪽 오가며 일사분란하게들 움직인다. 누군가 걸쭉한 농담을 했는지 갑자기 와르르르 웃음이 쏟아진다. 늦게 온 사람들이 이도저도 못 낀 채 살피다 설거지라도 맡아 한다.

비밀모임이 있는 것처럼 다른 사람들은 얼씬 하지 않는 곳이 있다. 집 한 구석에 따로 마련 한 부엌이다. 그곳이야 말로 일반 손님들이 먹을 음식과는 판이하게 다른 음식들이 만들어지고 있는 곳이다. 바로 결혼식 당일 날 신랑이 오면 신랑상에 올라 갈 특별 요리이다. 그곳의 음식은 백 있는 사람만 한두 개 얻어먹을 수 있을 뿐 신부 어머니조차도 함부로 손대지 않는다.

돼지를 잡은 곳 옆의 공터에 대여섯 명의 장정들이 모여 있다. 그중 두어 명은 깨끗이 씻어낸 창자에 아무것도 섞지 않은 돼지 생피를 담아 순대를 만들고, 펄펄 끓는 가마솥에서 순대와 고기를 삶아내고 있다. 한켠에 몸(모자반)을 잔뜩 갖다 놓은 것이 고기를 다 삶아내면 국을 끓이려는 모양이다. 고기를 삶아 내는 한편에선 커다란 돌을 기둥삼아 세우고 그 위에 기왓장을 얹어 고기를 굽고 있다. 고기는 역시 구워야 제 맛이지. 고기 굽는 냄새가 멀리까지 퍼지자 마당에서 넉둥배기˙구경하던 사람이 기웃거리고 아이들도 코를 벌름 거리며 모여든다.

"자자 흔 점씩 먹엉 저 쪽에 강 놀라." 아이들 입에 구운 고기 한 점씩 들어간다. 술병이 벌써 여러 병째 비워졌다. 고기가 거의 다 삶아졌고 장정들 얼굴에는 땀과 재가 얼룩져 줄줄 흐르는데 흥겨움이 가득하다.

해가 기울어졌다. 올레와 마당 집·안팎 전체에 불이란 불은 다 켜서 밤인데도 대낮처럼 훤하다. 잔치 집 마당 한 가운데에 멍석이 깔리고 길게 밥상이 차려졌다. 몸국에 돔베고기까지 올라온 저녁상에 넉둥배기 하면서 놀기만 하던 사람들도 같이 둘러앉았다.

마을의 누군가 시집, 장가를 가거나 장례 치를 일이 생기면 온 마을 사람들이 함께 일을 거두어야 한다. 같이 잔치 준비를 하고 어우러지면서 흥겨운 분위기는 마을 전체로 퍼져나간다.

가문잔치인 둘째 날

서로 다른 골목을 쓰고 있어 영심이네 집으로 가려면 돌아가야 하지만 우리 집과 영심이네는 담하나 사이에 둔 이웃이다.

이런 영심이네 집과 경계를 둔 담을 무너뜨려 사람이 오갈 수 있도록 길을 냈다. 오전엔 그런대로 한가해서 잔치집 안거리 밖거리와 마당 등 사람이 앉을 수 있는 모든 곳을 동원 하면 자리가 부족하지 않다. 그러나 아무래도 점심과 저녁에는 사람이 몰리지 않을까 싶어 담 하나를 사이에 둔 우리 집과 윗집을 쓰기로 한다.

어머니는 아침 일찍부터 종일 잔치 집에서 일 봐주는 중이다. 아버지 역시 어딘가 넉둥배기 자리나 술자리에 끼어 옆집 잔치를 질펀하게 즐기고 있을 것이다. 나는 저녁에나 친구한테 갈 것이고 지금은 손님들이 내 방까지 차지하지 못하게 방구들에 눌어붙어 앉아 방을 지키는 중이다.

'안방 건넌방 마루까지 다 써도 내 방만은 안 돼!'

섬에서는 결혼식이나 장례 등 손님을 많이 치러야 하는 경우 집이 좁으면 이웃집들이 스스럼없이 집을 내준다. 이러한 일들은 마을 사람들의 도움 없이는 할 수 없고, 해서 이웃의 일은 곧 나의 일이기도하기 때문이다. 결혼이나 장례 등은 어느 한 집안만의 행사이기도 하지만 마을 전체의 일처럼 생각하는 공동체적 성격이 강하다.

이러한 행사에는 불특정 다수의 마을 사람들이 불특정한 일을 맡아 하는데(물론 남녀 구분해서), 반드시 정해진 일로만 불려 다니는 사람이 있다. 바로 '도감'과 '청객'이다. 청객은 손님들이 들고 나는 것을 보며 어느 자리로 보내고 맞아야 할지 한눈에 파악하고 접대에 소홀함이 없도록 교통정리를 한다. 안 그러면 손님들이 몰릴 때 뒤죽박죽 섞여 밥 한 끼 못 먹은 채 가는 사람이 있을 수도 있고, 음식이 제대로 나오지 않아 내내 기다려야 하는 불상사가 생길수도 있다. 잔치집이나 영장 집(장례 치르는 집)에서는 없으면 안 될 중차대한 임무를 맡은 사람이다. 이 사람들은 목청도 커서 심부름 하는 아이들을 다그치거나, 음식이 빨리 나오지 않으면 주방 쪽을 향해 한 소리하기도 한다. 이 날 '청객'의 목소리는 주인보다 크다.

"어이, 어이~거기, 빨리 빨리 음식 내오지 못행 머 햄시니?"

"거, 머 햄수광 괴기 안 썰엉?"

물론 목소리가 너무 세서 모두를 불쾌하게 하는 일도 종종 있다.

그러나 보다 더 강력한 힘을 가진 자리가 하나 더 있다. 바로 '도감'이다. 여기서의 도감은 절에서처럼 돈이나 곡식을 관리한다는 의미인데 바로 돼지고기를 관리하는 사람이다.

섬의 관혼상제에서 절대 빠지지 않는 것이 바로 돼지고기이다. 어떠한 행사를 치르든 돼지를 잡는 것으로 시작하는데 모든 사람이 먹어야 할 돼지고기 관리가 잘못되면 모자라거나 인색하게 나가서 남거나 한다. 그래서 어느 한 사람이 맡아서 철저하게 고루 분배가 되도록 한다.

도감은 하루 종일 한 자리에 앉아 커다란 돔베를 앞에 놓고 적당하게 기름과 살코기를 섞어가며 고기를 썬다. 쉬운 일은 아니다. 옆에 앉은 부도감이 접시 하나당 돔베고기 세 조각, 작은 것은 네 조각을 놓고 수애(순대) 한 점을 얹으면 그게 1인분의 괴기(고기)반이다.

"아이구~! 삼춘도 옵데강!!" "아이구~! 성님! 아시도 와시냐~" 섬에서의 호칭은 참 간단하다. 삼춘 아니면 성님이고 아시이다. 우리는 자라면서 이웃집 삼춘들한테 아저씨 아줌마라고 불러 본 적이 없다. tv를 보면서 꼬맹이들이 친척이 아닌 사람들을 아저씨 아줌마라고 부르는 게 괜히 세련되어 보여서 종종 따라한 적이 있지만 어색했다.

지금은 세상의 모든 아저씨 아줌마들한테 삼춘! 삼춘! 하고 싶은데 그랬다간 한쪽 눈 꼬리를 올리고 미친년! 하는 소리를 들으려나.

삼춘, 성님, 아시들이 친구 어머니에게 축의금을 건넨다. 어머니는 아이구 뭘 이런걸! 하며 손사래 치듯 하다가 받아서는 앞치마처럼 매어진 주머니에 축의금 봉투를 담는다. 청객의 지시에 따라 동네 사람들이 손수 만든 푸짐한 잔치음식과 함께 괴기반이 손님상에 놓이고 신부어머니는 부엌 한쪽에 마련한 임시 창고로 가서 답례품을 갖고 나와 하나씩 안긴다. 답례품으로는 치약이나 샴푸·린스, 세제 같은 생활용품이 많다.

잔치 집에 왔던 사람들은 모두 손에 똑같은 봉지에 담긴 답례품을 들고 돌아간다.

섬의 잔치는 풍성하고 즐겁고 흥겹다. 이를 통해 이웃과의 교감이 두터워지고 나도 그들과 한 공동체라는 안락하고 편안함을 유지한다. 비록 불편하고, 부당하며, 신경 거슬리는 갈등들이 가끔 있을지라도.

손수건 삽서

신부 측과 인사를 다 마친 신랑이 친구들이 있는 방으로 들어가자, 방문 틈으로 엿보고 있던 나와 순자는 마주보며 의미심장한 미소를 지었다. 잘 할 수 있겠지. 신부는 아직도 화장 중인 얼굴로 우리를 쳐다보며 눈을 찡긋했다. 알았어, 파이팅! 순자와 나는 다짐하듯 다시 한 번 주먹을 흔들며 위풍당당하게 일어선다.

잠깐 실례합니다. 우리가 들어가자 상다리가 부러지게 차려진 신랑상을 두고 둘러앉은 신랑 친구들이 격하게 환영한다. 아이구우~ 귀헌 분들 얼른 일루 왕 앉즙서. 고맙수다. 다들 오쟁허난 고생해수다, 우선 이거나 하나씩 받읍서. 나와 순자는 곱게 싸서 리본으로 묶은 손수건을 친구들에게 하나씩 돌린다. 손수건 안에는 건강음료가 하나씩 들어있다. 신랑과 친구들이 어젯밤 밤새도록 술을 마셨으리라 짐작한 배려이다. 그리고 다른 손수건 보다 더 두툼하게 싼 손수건을 들고 부 신부인 순자가 부 신랑 옆으로 가서 앉았다.

"손수건 삽서!"

"예! 경헌디 돈은 나한티 어수다."

"… "

"야~ 손수건 받은 사람들, 손수건 값 드리라" 부신랑이 친구들한테 말한다. 친구들은 모른 척 밥만 먹는다. 순자가 난감한 얼굴로 신랑을 쳐다본다.

"뭉케지 말앙 확확 줍서게 손수건 안 살거꽈? 우리 그냥 나가카 마씸!" 신랑이 부신랑 옆구리를 찌른다. 그러자 마지못한 듯 안쪽 주머니에서 하얀 봉투 하나를 꺼낸다. 순자가 봉투를 열어 확인해 보고는 말없이 다시 손을 내민다. 아직도 손수건은 순자 손에 있다. 이럴 때 부신부가 애교가 좀 있다면 얼마나 좋을까. 애교 섞인 실랑이가 오고가는 가운데 부신랑 부신부의 역사가 시작되기도 한다는데… 허나 오늘의 부신부 순자에게 애교라곤 눈곱만큼도 없으니. 옆에서 친구들이 이들의 하는 양을 보면서 낄낄대기 시작한다.

야야 적당히 하고 얼른 드려라. 그럴까. 부 신랑이 또다시 봉투 하나를 건넨다. 순자가 봉투를 확인하다 말고 나긋한 목소리로 말한다.

"양! 허우대 멀쩡하고 잘생긴 양반이 무사 영 쪼잔 허우꽝! 이것도 손수건 값이랭 젬수광!" 이어, "신랑님 식사스톱! 손수건 값 제대로 안 내놓으면 여기서 못 나갈 줄 압서." 모두가 뜨악한 표정이다. 큭, 역시 순자다. 세다. 순자 파이팅! 신랑이 곤란해진 얼굴로 부 신랑을 쳐다본다. 아랑곳없다. 친구들이 제각기 한 소리씩 한다. 얼른 드리자, 늦어진다, 밥 좀 먹자. 야야 오늘 내내 같이 있어야 되는데 적당히 잘 드려라 좀.

3일 잔치 중 마지막 날인 결혼식 당일! 예식장으로 가기 전 신부를 데려가기 위해 신랑이 우시를 대동하고 처갓집으로 온다. 양가가 인사하고 신랑 쪽은 준비해온 함을 조심스레 내민다. 신부쪽은 준비해 온 함을 받아 모두가 보는 앞에서 펼쳐 잘

못 한 것이 없는지 살펴 본 다음 됐다고 허락을 해야 그날 신부를 데리고 나갈 수 있다.

신부 집에선 그 전날부터 동네 최고의 요리사들이 자발적으로 차출되어 최고의 요리를 만들고 있다. 밤늦은 시간까지 음식을 준비하고 있으면 신랑과 부 신랑이 수건 값이라는 금일봉을 들고 와 인사한다. 수고 많으십니다. 그리고 결혼식 당일 아침, 미용사가 신부와 신부 쪽 어머니 등에게 화장과 머리를 해주고 있는 사이 신랑 친구와 신부 친구 사이에 손수건 사고파는 전쟁이 치러진다. 신랑이 내 놓은 금액 내에서 어느 정도를 손수건 값으로 빼앗기는(?) 지는 부 신랑 역량이다. 영악하게도 부 신랑들은 손수건 값을 덜 주기 위해, 또는 재미를 위해 여러 봉투에 나누어 와서는 부신부와 은근하게 밀당을 한다.

손수건 값은 나중에 신부 친구들끼리 뒤풀이 할 때 쓰거나 선물을 사서 나눈다. 그래서 될 수 있는 한 많이 받아 내기위해 애교와 엄포를 섞어가며 부 신랑을 공략 하지만 영 안 먹힐 때도 있다. 그러다 너무 조잔하게 굴면 됐다! 너 먹어라! 하고 손수건을 던지고 나오는 불상사가 일어날 수도 있다. 그러면 그날 하루 종일 신랑신부 친구들이 험악한 분위기가 되니 웬만하면 무난하게 끝을 내려 한다. 그날의 주인공들을 위해서.

신부가 화장을 하며 예식장으로 갈 시간을 기다리고 있는 곳은 오늘까지의 자기 방이다. 나서 자라고 지금까지는 나의 방이라고 주장할 수 있었던 곳, 훤하게 밝고 청명한 아침이지만 낮은 천장 때문에 형광등을 켜야 하는 곳이다. 불빛 아래에서 신부의 얼굴에 인조속눈썹 그림자가 길게 드리워진다. 평소에는 하고 다니지 못할 만큼의 붉은색으로 입술을 도톰하게 하고, 길고 두껍게 그려진 아이라인 위에는 짙은 보라색으로 눈두덩을 덮었다. 마지막으로 높게 올린 머리에 긴 베일이 달린 티아라를 씌우고 미용사가 손을 뗀다. 제가 하고서도 만족한 듯 흐뭇한 모습으로 신부를 한 번 쳐다본다. 옆에서 다음 차례를 기다리고 있던 어머니와 이모가 보기에도 흡족하다.

부신부가 부엌으로 들어가 삼촌들 잔치 음식 좀 싸 줘서! 한다. 어디에 쓸 것인지 이미 알고 있어서인지 음식은 벌써 포장되어 있다. 아주머니 한 분이 그것을 들고 예식장으로 향하는 부신랑 에게 내민다.

신랑과 친구들이 마당으로 나와 신부가 나오길 기다리고 있다. 다들 비슷비슷한 정장을 하고 있어서 누가 오늘의 새신랑인지 이제야 온 사람은 모를 수 있지만, 신랑의 왼쪽 가슴에 신부의 부케와 같은 꽃으로 만든 코사지가 꽂혀 있다.

눈부시게 하얀 드레스를 입은 신부가 일어서자 주변이 환해졌다. 키가 큰 신부의 머리 화관이 아슬아슬하게 형광등을 스치며 하얀 빛을 이리저리 갈라놓는다. 백합과 안개꽃을 섞어 만든 부케가 흰 장갑을 낀 신부의 손에 들려졌다. 드레스의 주름 사이로 길게 늘어지는 부케의 긴 꼬리가 바람에 하늘거리는 소녀의 하얀 치맛자락 같다. 이 모든 것이 말하지 않아도 나는 명백히 순결해 하는 것 같은.

신부대신 축의금을 챙긴 순자가 가방을 단단히 여며 쥐며 드레스의 뒷자락을 올려 잡는다. 방문턱을 넘으며 걸려 넘어지면 안 되잖아. 그런 신부와 부신부인 순자의 뒤를 따라 우리도 신부의 소지품들을 챙겨 같이 나간다. 마당에는 식장으로 따라갈 친인척과 친구들이 신부를 기다리며 서성거리고 있다. 순자가 신부의 드레스를 좀 더 높게 올려 잡아 신부의 발목이 다 드러난다. 뭘 저렇게까지 들어 올리나 돌려주면 어차피 드라이 할 텐데.

햇빛아래 선 신부의 자태는 한 떨기 백합, 아니 여신이었다. 마당에 서 있던 사람들이 일시에 우~ 하는 표정으로 시선을 고정한다. 오늘의 주인공이라는 당당함 대신 집중된 시선이 부담스러워진 신부의 고개가 땅을 파고 들 지경이다. 그러거나 말거나 신부 곁으로 오는 신랑의 얼굴이 헤벌쭉해진다.

신부인 친구네의 올레는 짧다. 몇 발자국 걸어 나가면 그냥 마을길이다. 그 길에 신랑 신부의 차가 트렁크에 풍선을 잔뜩 매단 채 대기하고 있다. 그 뒤로는 친 인척들을 태우고 갈 대형 버스가 기다리는 중이다.

마당 끝에서 신부가 뒤를 돌아본다. 지금까지 자신을 키우고 살린 집이 여전한 모습으로 자신을 내 보내고 있다. 이 마당을 나갔다 다시 돌아 와도 집은 여전하겠지.

집은 여전 하겠지만 …

세 번째 이야기
그때는 좋았고 지금은 나쁜 것

신부와 아버지가 손을 잡은 채 서서 음악이 울려 퍼지길 기다리고 있다. 그런데 어떻게 된 것이 결혼하는 친구보다 신부의 아버지가 더 파들거리는 모습이다. 잔뜩 긴장해서 얼굴은 굳어지고 볼 살이 미세하게 떨린다. 모든 일가친척 앞에서 첫딸을 데리고 가 남의 손에 넘겨줘야 하는 마음, 복잡한 심사가 얼굴에 그대로 묻어있다. 기쁘면서 슬프고, 아쉽고도 아까운, 만감이 교차하는 듯한.

그 복잡한 심사가 신부의 손을 잡고 행진하는데 자꾸 엇박자를 만들어낸다. 바닥을 끄는 신부의 긴 드레스 자락 옆에서 아버지의 검은 구두가 리듬에 맞추는가 싶으면 반 박자 먼저 나가기도 하고 늦기도 한다. 드레스 자락이 밟힐 듯 밟힐 듯 보는 사람이 아슬아슬하다. 부신부가 뛰쳐나가 신부의 긴 드레스 자락을 모두어 뒤로 늘어뜨린다.

신랑도 살짝 긴장했는지 조금 전 마당에서 헤벌쭉 거리던 모습은 없다. 하지만 저절로 번지는 미소는 저도 어쩔 수 없나보다. 장인한테서 신부의 손을 건네받기 위해 한 두 발자국 다가온다. 사위가 다가오자 신부 아버지가 딱 멈춰 섰다. 그 사이에 퍼진 드레스 자락 끝이 아버지 발밑으로 들어간다. 한 발자국만 더 가려던 신부가 기우뚱 거린다. 행진을 지켜보던 사람들이 일시에 놀라는 표정을 짓는데 신랑이 잽싸게 달려들었다.

예식은 무사히 끝났다.

식이 끝나면 돌아갈 사람들은 돌아가지만 신부 부모님과 친척 대표들은 그대로 신랑 집으로 같이 간다. 거기서 사돈의 환대를 받으며 신랑신부가 올 때까지 기다린다. 신랑신부는 예식이 끝나자 그대로 친구들과 함께 야외로 드라이브 가버렸는데 언제 올 런지.

말이 드라이브지 사실 웨딩 촬영 겸 소풍이다. 드레스 입은 모습 그대로 자연스럽게 친구들과 먹고 마시고 놀면서 사진과 동영상을 찍는다. 생에 두 번 없을 그날을 그대로 기록하는 의미이다.

허니문 하우스는 비경에 비해 널리 알려지지 않았다. 그때는 신혼여행으로 제주도를 많이 왔지만 어쩐 일인지 이곳은 그렇게까지 번잡스럽지 않았다. 아마도 조용하리라 생각하며 신랑 측에서 이곳을 웨딩 촬영 겸 소풍 장소로 정한 듯하다.

신부가 차에서 내리자 하얀 웨딩드레스가 태양 빛에 반사되어 눈이 부시다. 예식 때의 긴장이 풀렸는지 신부가 빛 아래에서 한 쪽 눈을 찡그린다. 아직은 어린, 볼에 젖살의 흔적이 남아있는 신부의 얼굴이 이제야 자신의 파티가 실감 나는 듯 살짝 흥분한 모습이다. 빛은 따사롭지만 바람이 차다. 얼추 꽃들이 지고 빠르게 그 자리를 점령해가는 푸른빛들이 바닷바람에 너울춤을 추고 있다. 사시사철 잎 푸른 종려나무와 야자수, 해송 등이 오목조목한 바위들과 어우러져 있다. 폴짝 거리며 뛰듯이 나무를 옮겨 다니던 새들이 우리 일행이 다가가자 비로소 높은 꼭대기로 날아 올라간다. 꽃이 떨어진 동백이 군데군데

빈틈을 차지했고, 막 자라나고 있는 자생란들이 키 큰 나무들 사이로 가득 번져가고 있다. 산책로로 꾸며진 오솔길은 미로처럼 여기저기로 이어진다.

신랑이 신부의 손을 잡고 그 오솔길을 따라 허니문 하우스로 향하고 있다. 부 신랑은 벌써 안으로 들어가 우리가 앉아서 놀 만한 자리를 마련하고 있을 것이고, 촬영을 맡은 친구는 앞에서 영화를 찍듯이 카메라를 들이댄다. 뒤에서 따라가는 우리는 신부의 드레스자락이 땅에 끌리건 말건 제각각 수다를 떨며 그런가 보다한다.

커피향이 진하게 퍼지고 있는 허니문 하우스 앞까지 다가가지만, 부 신랑은 우리가 다 같이 앉아서 놀만한 자리를 찾지 못한 모양이다. 당연하다. 이곳은 오밀조밀한 산책로와 군데군데 두 셋이 앉을만한 벤치만 있을 뿐, 부러 평지로 닦아놓은 곳은 없다. 있는 그대로 돌이 삐쭉이 올라와 있는 오솔길도 그러하고 바다전망이 눈부신 절벽 끝도 그러하다. 다리가 아픈 우리는 군데군데 있는 벤치에 두셋씩 나누어 앉았다.

누군가 투덜거리는 소리를 한다. 뭐야 이거, 앉을 데도 없이. 둘러앉고 놀기 좋은 데가 천지인데. 싸들고 온 것도 먹을 수 있고. 그러고 보니 아까 신부 집에서 잔뜩 먹을거리 싸왔는데 어쩌려나.

카메라를 맨 친구는 신랑신부가 뭘 하든 아무런 주문 없이 그냥 찍어대고 있다. 바람에 날리다 몸을 휘감는 베일이나 귀밑에 내려놓은 애교머리가 살랑거리다 눈을 가리거나 상관이 없다. 드레스의 끝자락이 길게 땅을 훑고 가는 것도, 그러다 나뭇가지나 돌에 걸리면 부신부가 뛰어가 드레스자락 걷어 올리는 것까지 찍는다. 우리는 마냥 앉아서 그 모습을 바라보는데 한 번씩 훅하고 카메라가 들어온다. 찔끔 놀라며 예쁜 척 하지만 이미 늦었다.

절벽 끝, 통나무 울타리에 기대어 바다를 보던 관광객들이 놀라워하는 눈으로 신부를 바라본다. 신랑과 신부가 손잡고 한가롭게 나무와 나무 사이를 오고간다. 신부의 베일과 하얀 드레스자락이 바람에 가볍게 날리고 관광객들은 아직도 황홀해하는 눈이다. 젊은 여자가 다가와 말을 건다. 오늘이 무슨 날이에요, 아니면 영화 찍나요. 아니요, 오늘 결혼식이거든요, 예식 끝나고 소풍 온 거예요. 하자 젊은 여자는 부러워하는 눈으로 옆의 친구를 보며 말한다. 나도 여기서 결혼하고 싶어.

신랑신부 친구들이 밖에서 이렇게 어정쩡하게 있는 것은 볼썽사나운 일이다. 카페에라도 들어가지, 하는데 그 말을 듣기라도 한 듯, 카페 입구에서 부 신랑이 손짓하며 우리를 부른다. 여기저기 흩어져 앉았던 친구들이 그 쪽으로 모여든다. 나와 몇몇은 신랑신부를 기다리기로 했다. 기다리는 동안 절벽 끝에서 아득히 펼쳐진 바다를 내려다봤다. 철벅거리는 파도소리와 갯 내음이 덩어리져 까마득히 높은 이곳까지 그대로 전달된다. 오늘은 무슨 빛깔인가. 하늘빛이지 뭐.

오래 전에, 머릿속이 소란스러워 바다를 보며 밀어내던 적이 있었다. 저 옆에서 자신의 마음을 비워내던 사람이 옆으로 다가와 말을 건다. 여기 바다가 색깔이 몇 개인지 아세요. 나는 무슨 뜻인지 몰라 멀뚱한 얼굴을 했다. 바다 빛깔이 몇 개인지 아냐니, 난 생각조차 해 본적이 없는 걸. 여기 제주 바다는요 매 계절마다 색깔이 달라요. 봄에는 …, 여름에는 코발트, 가을에는… 겨울에는 회색빛이요. 그런가. 그 사람은 옆구리에 커다란 카메라를 매고 있었다.

절벽에서 내려다 본 바다는 그 사람이 말한 단순한 하나의 색이 아니다. 채도가 다른 모든 푸른빛과 초록을 한꺼번에 풀어놓은 것 같은 색이다. 파도가 밀려올 때와 밀려 갈 때가 다르고, 가까운 데와 먼데가 다르고, 가운데와 왼쪽과 오른쪽이 다르다. 모두가 푸른빛인데 그 푸르름이 다 다르다. 더구나 지금처럼 눈부신 빛을 더하면 수평선에서부터 다이아몬드를 뿌려놓은 것 같다. 제주의 바다는 하나의 색깔로 말하기 힘든 곳이다.

바닷바람이 잘 여민 옷깃 사이까지 파고들어 이제는 얼얼하니 춥다. 얼추 촬영을 마친 신랑 신부가 다가온다. 신부의 드러난 팔목에도 닭살이 돋았다. 따뜻한 데로 들어가자. 신랑신부를 앞세우며 카페로 향한다. 드레스자락 끝은 흙을 쓸고 다녀 이미 짙은 갈색으로 변했다.

카페에서 한 떼의 일행들이 몰려나온다. 모두가 남자들이고 단체로 여행 온 것 같다. 오솔길을 따라 옆으로 가려던 사람들이 우리를 보자 환호성을 지르며 모여든다. 제각각 떠드는데 모두 일본사람들이다. 개 중엔 원더풀~, 뷰티풀~하며 영어로 한마디씩 하는 사람도 있다. 일행 중 가장 젊어 뵈는 남자가 한 발자국 나서며 말한다. 나는 이 사람들 통역사입니다. 신부가 하늘에서 금방 내려온 천사 같답니다. 실례가 안 된다면 사진 한 번 같이 찍을 수 있느냐고 하는데…괜찮을까요. 통역사가 무슨 말을 하는지 짐작한 것처럼 일본 사람들이 두 손을 합장해가며 모두 애원하듯 한마디씩 거든다. 우리는 그러시다면 뭐, 하며 뒤로 물러서고 신부는 신랑을 돌아본다. 신랑도 제 신부가 천사 같다는데, 천사와 한번만 사진을 찍으면 가문의 영광이겠다는데 싫지는 않은 모양이다.

여러 사람이 둘러서기 좋은 곳을 골라 신랑신부가 포즈를 취하고 사람들이 착착 옆으로 붙었다. 서로가 키가 큰 사람과 작은 사람이 자리를 바꿔가며 조금이라도 신부 곁에 붙으려고 애를 쓴다. 만족스럽게 자리가 잡혔는지 통역사가 한 쪽 다리를 구부리며 셔터를 누르려는데 갑자기 일행 가운데 한사람이 손을 들어 제지한다. 그리고 통역사한테 뭐라고 한다. 통역사가 잠시 난감한 얼굴을 하더니 신랑한테 그 말을 전한다. 신부 하고만 먼저 사진 찍고 나서 같이 찍으면 안 되겠냐고 합니다. 그래도 될까요. …… 뭐, 그러시라고. 신랑은 아무생각 없이 말하고 빠져나왔다. 일본 관광객들이 헤벌쭉해지며 신부 곁으로 다시 더 찰싹 붙어 섰다. 통역사의 카메라셔터가 눌러졌다. 이왕 찍는 김에 한 번 만 더. 찰칵찰칵! 이제 됐다 싶어 신랑이 신부 곁으로 가서 서려는데 일본인들이 만족한 얼굴을 하며 흩어진다. 아리가토~ 심지어 신랑한테 손까지 흔들며 돌아선다.

네 번째 이야기
경해도 경허는게 아니지 말입니다

섬의 가옥구조는 어디나 비슷하다. 마당을 사이에 두고 안·밖거리로 나뉘어 부모와 아들 부부가 같이 산다. 섬에서는 자식이 결혼하면 분가하는 것을 당연히 여기는 부부 중심 가족제도이다. 따라서 이러한 가옥구조는 한 공간 안에 있으되 분가한 형태가 된다. 서로의 안위를 들여다 볼 수는 있지만 부모와 자식 간의 사적인 공간이 섞이지는 않는 것이다. 이러한 방식은 가족 간 서로의 보살핌과 동시에 어느 정도는 거리를 필요로 하는 충분조건을 채운 놀랍도록 지혜롭고 이상적인 삶의 방식이다.

결혼과 동시에 부모에게서 필요한 만큼의 재산을 물려받지만 활동영역이 달라지고 모든 것에 각자의 몫과 책임이 따른다. 특별한 사연이 있지 않는 한 제사를 물려받는 장남은 마당을 사이에 두고 부모와 함께 산다. 각자 따로 살지만 집안의 제사를 치르는 곳이 가족 공동체의 중심이 된다.

결혼식후 소풍까지 마친 신랑신부와 우리는 친구의 시댁으로 들어갔다. 그녀가 살아 갈 곳은 시부모의 안거리와 마당을 사이에 둔 밖거리이다. 안거리보다 조금 작게 지어진 집은 그녀가 아이를 낳고 집안 제사를 맡게 될 때까지 살게 될 것이다. 제사를 맡게 되면 부모는 자연 큰집을 물려주고 작은 밖거리로 물러앉는다. 우리 모두는 그녀의 신방이 될 곳으로 들어갔다. 아직 드레스 차림인 그녀는 그대로 앉아 시댁에서 주는 첫 밥

상인 신부상을 받아야 하기 때문이다.

우리가 자리하고 앉은 얼마 후, 신부 집에서 내왔던 신랑상보다 더 잘 차려진 신부상이 들어온다. 갈비찜과 회는 물론, 성게를 넣고 끓인 국에 전복구이와 옥돔구이, 소라무침 등 섬에서도 귀하게 여기는 모든 해산물이 빈틈없이 올려져있다. 거기다 돼지 수육을 얇게 썬 것 서너 쪽에 수애(순대) 한 점을 올린 고기반 한 접시씩.

신랑 집에서 내오는 신부상은 며느리에 대한 시부모의 흡족 여부에 따라 달라진다고 했다. 오늘의 밥상을 보니 친구의 시부모는 친구가 아주 흡족한 모양이다.

신부상을 받는 신부를 보기 위해 시댁 쪽 사람들이 방문 앞으로 몰려와 있다. 그들을 밀치며 신랑과 사진을 책임진 신랑친구가 들어온다. 신부상을 받는 신부의 사진을 찍기 위해서다.

"자, 신랑이 신부에게 밥 한 술 떠서 먹여 주세요. 밥술크기가 사랑의 크기이니 유념하시고~" 친구가 장난스레 웃으며 신랑에게 주문한다. 신랑이 밥 한술을 크게 떠서 신부의 입으로 가져간다. 일시에 모든 사람의 시선이 신부의 입으로 향했다. 신부는 차마 입을 벌리지 못하고 난감한 얼굴을 한다. 그사이 신랑친구가 신랑에게 핀잔을 준다.

"야! 그게 뭐꼬? 겨우 그 정도로 밖에 제수씨를 사랑하지 않는단 말이냐? 더 뜨라구, 한 숟갈 가득, 넘치게~" 신랑이 신부의 얼굴을 보자 신부가 살짝 고개를 가로 젓는데 신랑도 같이 장난기가 발동된 모양이다. 신랑이 이미 가득한 숟갈의 밥을 내려놓고 새롭게 퍼 올린다. 삽으로 푸듯이 숟가락을 밥그릇 밑에까지 깊숙이 담갔다가 그야말로 산처럼 높이 퍼 올리고는 신부의 얼굴 앞으로 내민다. 주변에서 끼득끼득 거리는 소리를 낸다. 하이고, 경 좋앙 죽어지크냐. 두 번만 사랑했다가는 밥 먹다 죽겠네, 한다.

"자, 제수씨! 그거 그대로 받아 드셔야 합니다. 한 방울이라도 흘리면 신랑을 사랑하지 않는 겁니다. 이서요 제수씨!"카메라를 들이밀며 재촉하는데 그녀의 난감한 표정이 두꺼운 화장 밖으로 다 드러난다. 이리저리 눈을 돌려 보지만 모두가 자신을 바라보는 사람들의 시선뿐이다. 에라, 모르겠다는 표정으로 친구는 벌릴 수 있을 만큼 입을 벌려 밥을 받아먹는다. 아우 저러다 입 찢어지면 어쩌나 하는 생각이 든다. 한 입에 다 먹는다는 건 불가능한 것처럼 보였는데 몇 개의 밥알을 떨어뜨린 것 말고는 깔끔하게 한 입으로 다 들어간다. 대단하다. 신랑 친구가 이리저리 돌아가며 열심히 사진을 찍는다. 밥 먹는 모습, 국 먹는 모습, 반찬 먹는 모습, 신랑과 러브샷으로 뭘 또 먹는 모습 등등 주문도 많다. 이건 밥을 먹자는 건지 그냥 먹는 흉내만 내자는 건지. 이제 그만 하고 밥 좀 먹읍시다.

신랑과 친구가 나가고 문을 닫아 모두의 시선을 차단한 후 신부는 우리와 같이 밥을 먹는다. 하지만 우리가 그 거한 밥상, 신부를 위한 신부상을 즐기는 동안 친구는 대충 식사를 마치고, 오늘의 주인공이었음을 한껏 즐기게 한, 앞으로 웬만해서는 두 번 입기 힘든 드레스를 벗었다. 한복으로 갈아입고 그때서야 시부모와 친정 부모가 기다리는 곳으로 간다.

섬에서는 따로 폐백실이 없다. 폐백은 어른들께 술을 따라드리는 것으로 대신하고 어른들은 '어찌어찌 잘 살아라'는 덕담을 주신다. 시부모와 친정 부모께 차례로 인사하고 술을 따라드리고 덕담을 듣고, 그리고 차례로 시댁 쪽 이모, 고모, 삼촌 등 친척들에게 인사를 한다. 그러면 그들은 축의금을 담은 봉투를 준비했다가 신부에게 절을 받으면서 절값으로 내어놓는다. 신부에게 예단을 받은 친척은 받은 것보다 조금 더 넉넉히 준비한다. 해서 섬의 결혼식에서는 처음 신랑한테서 받는 예단비에 더해 이렇게 축의금을 받으면 여자가 돈 들어가는 일이 거의 없다.

딸에게서 인사를 받은 친정 부모님과 친척들이 돌아가기 위해 일어섰다. 사돈집에서 오랫동안 머물면서 딸이 신방 차린 곳이 어디인지도 봤고, 그쪽 집안사람들과 술도 한잔 하면서 분위기가 어떤지도 봤다. 딸에게 해 줄말이 뭐 특별할 게 있겠는가. 싸우지 말고 잘 살아라 밖에는. 대기 중인 차에 올라 탈 때까지 딸과 어머니가 손을 잡고 놓지 않는다. 사돈들도 모두 나와 배웅하느라 다시 한 번 골목이 시끌벅적하다. 내가 보기엔 어머니와 딸보다 그녀의 아버지가 더 글썽거리는 표정인 것 같다. 첫 딸이라 아버지의 사랑이 각별 했을 터, 아마 이제는 더 이상 자기 품을 찾지 않으리라는 서운함이 가슴 저리게 했는지도 모른다.

신랑신부가 부모와 작별 인사를 하는 동안, 인사를 하면서 서로 눈물을 글썽이건 말건 우리는 모두 한 방에 모여 앉았다. 친구가 신방으로 쓸, 엄밀히 말하면 앞으로 친구가 살아갈 친구 집에서 주인처럼 차지하고 앉아 이제 또 다시 파티를 하려는 것이다. 음식상이 다시 채워지고 술도 올라온다.

친구를 장가보내느라 노심초사 바빴던 부 신랑이 이제 긴장을 놓은 모양이다.

섬에서 친구가 장가간다는 것은 앞으로의 모든 일이 친구 손에 달렸다는 것이다. 부모는 아들의 결혼식에 쓸 돈이나 준비할 뿐 거의 모든 것은 마을 사람들과 친구들에 의해 진행이 된다. 특히 부 신랑의 할 일은 막중하다. 신혼 여행지로 갈 비행기 예약에서부터 찬치 날 사용 할 차량에다 신부 측에 대한 예우까지 일일이 다 말 할 수 없을 만큼 다양하다. 섬에서는 내 일처럼 해주는 친구가 없으면 장가가기 힘들다는 말이 있다. 역으로 말하자면 친구 일을 나의 일처럼 여긴다는 뜻이겠다.

신랑신부가 방으로 들어왔다. 신랑이 그동안 같이 해준 우리들에게 고맙다고 술을 한 잔씩 돌리고 건배한다. 밖은 벌써 많이 어두워졌고 친척들도 거의 돌아간 모양이다. 이제 잔치는 끝났다. 우리는 푸짐한 상차림을 놓고 그제야 한잔씩 편안히 목축임을 한다.

"좀 있다 시내 나가서 나이트 가자." 신랑 친구가 제안하자 그 친구들이 벌떼 같이 손을 들어 찬성한다. 우리 신부 친구들은 내숭 떠느라 그런지 아니면 속내를 알 수없는 어떤 이유가 있는지 모두 시큰둥한 표정이다. 우리 표정이 시큰둥 하자 신랑이 제 친구들을 말린다.

"에이~ 여기서 실컷 먹고 마시고 놀면 되지 어디 또 갈라고?"

"야, 경해도 경허는게 아니지, 어떵 그냥 보내나?"

"우린 그냥 갈건디 마씸! 밤도 늦어신디…"우리 중의 누군가 말했다. 미숙인가?

그녀는 결혼했으니 빨리 가야 하는 건 맞는데, 뭐 우리까지.

어쨌거나 나중일은 나중 일이고 우리는 수다를 떨기 시작한다. 지그재그로, 서로가 각자에게 눈이 가는 사람과 얘기하느라 말들이 공중에서 뒤섞였다. 나중에는 누가 누구에게 얘기하는지. 정신이 없다.

정신없는 와중에 밖에서 누군가 뭐라고 하는 소리가 들렸다. 뭐지? 그러나 아무도 신경 쓰지 않는다. 우리는 그저 정신없이 맥주를 홀짝 거리고 맛난 안주 집어 먹고 누군가와 소리 높여 얘기하느라 바쁠 뿐이다. 그러고 얼마가 지났을까. 문이 벌컥 열리며 신랑의 아버지가 고개를 들이밀었는가 싶은데 등 뒤에서 몽둥이가 날아온다. 가장 가까이 있던 신랑 친구의 등짝이 후려 갈겨진다.

"이누무 시키들이 본디 없이 어디서 여자들끼리 노는데 끼어 가지고…"다시 한 번 부지깽이가 어깨위로 쳐들리는 것을 보며 신랑 친구들이 일어나 사방팔방으로 튀어 오른다. 문은 마당으로 난 것과 마루로 트인 문밖에 없다 아버지가 마루에서 들어오고 있으니 친구들은 마당으로 난 문을 통해 엎어지고 자빠지며 빠져 나간다.

상위의 음식들이 어그러지고 술잔들은 방바닥으로 굴렀다.

아버지의 몽둥이가 누군가의 등짝을 다시 한 번 후려쳤다. 신랑이 당황하여 아버지의 팔을 막아선다.

"아부지, 오늘만은 제발~ 나 장개 가는 날인디, 오늘도 꼭 영해야 허쿠광?"

신랑이 하는 폼새를 보니 원래 한 성격 하시는 분인 것 같다. 아무리 그래도 아들 장가가는 날, 아들 친구들한테 매타작이라니.

"시끄럽다. 암만 그래도 그렇지 내 메느리 벗들 허고 감히 합석을 허여?" 당황한 우리도 어쩔 줄 모르다가 주섬주섬 가방을 챙겨 그 집을 나오는데 신부인 친구의 얼굴이 노랗다.

너무 흔한 이야기
불목당 귀신

혹시 귀신 이야기를 듣거나 보거나 겪으신 적 있으신지. 밤중에 혼자 걸을 때 누군가 부르는 소리가 나도 따라가면 안 된다는 말을 종종 들었다. 아무리 아는 사람의 목소리 같아도 그것은 귀신이 부르는 소리라고, 그대로 따라갔다가는 바다 한가운데로 데려가 빠져 죽게 하거나 절벽 밑으로 떨어져 죽게 한다고 했다

그런데 요즘의 귀신은 모두 tv나 영화 속으로 들어가 버렸는지 실제로 겪었다거나 들었다거나 하는 사람이 없다. 간혹 연

예계 소식 한 귀퉁이에 붙어 들리던 이야기마저도 없으니 정말로 우리가 사는 세상에서 귀신은 사라졌을까. 그렇다 해도 이해할 만하다. 워낙 세상이 끔찍해지고 좀비 같은 인간들로 인해 귀신들도 겁먹었을지 모를 일이니.

시험 기간이었다. 수업이 끝났지만 아이들은 집에 가는 대신 책상에 파묻힌 채 죽어라 공부한다. 나도 남았다. 막차 끊기기 전까지만 있다 가야지, 공부는 되면 하고. 날이 어둑해지고 배도 고팠지만 어느 누구도 배고프다 소리를 하지 않는다. 그저 책속에 얼굴을 묻은 채 공부에 열중할 뿐이다. 희경도 세형이도 훈이도. 늘 붙어 다니는 친구들이다. 아무도 꿈쩍 않으니 나도 뭐라 건드릴 수가 없다. 아우 지겨운 녀석들!

다른 애들이야 어떻든 공부가 싫증나자 교과서를 덮어 놓고 가방 깊숙이에서 다른 책 하나를 꺼냈다. 읽다 말다 해서는 절대로 재미를 느낄 수 없는 아가사 크리스티다.

공부 할 때와는 차원이 다른 시간이 지나간다. 한 시간이 십분 같고 두어 시간도 이 삼 십분 정도로 밖에 안 느껴진다. 그러다 시간의 개념을 놓쳐버렸다. 시간이 얼마나 갔는지 모른다.

"영애 너 집에 안 가나?" 희경이가 어깨를 쳐서야 퍼뜩 정신을 차렸다. 이런, 둘러보니 아이들도 많이 빠져 있었다. 이런 멍충이! 지금 시간이 몇 시인지 아나? 희경이가 다시 한 번 소리 질렀다.

막차 시간에 맞춰 아이들은 거의 다 돌아가고 없었다. 남은 아이들은 바로 학교 밑에 있는 동네, 엎어지면 코 닿는 곳에 사는 아이들뿐이었다. 어쩔 수없이 희경이와 혜민이가 나를 데려다 주기로 한다.

내가 원래 그렇게 겁쟁이는 아니다. 다만 이 늦은 밤에 우리 마을까지 2km나 되는 거리를, 그것도 불목당을 지나는 것이 조금 꺼림직 할 뿐이다.

"불목당 까지만 데려다 줘. 거기만 지나면 괜찮아."

그렇게 해서 희경이와 혜민이와 나 셋은 깊고 어두운 밤이어서 더 커보이는 운동장을 가로질러 교문을 나선다.

교문입구를 지키는 수령 몇 백년은 되는 팽나무의 굵고 거대한 그림자가 내 뒷목을 확 잡아당길 것 같은 예감에 괜히 한 번 돌아봤다.

우리는 1100도로로 이어지는 삼거리에 이르렀다. 이 길은 굽이굽이 한라산을 넘어 제주시까지 이어진다. 그 길엔 영험하고 위대한 신들이 거한다는 어리목과 영실이 있고, 수많은 오름들을 거느린 초원이 있다. 깊은 밤이면 옹알이하는 아기 울음소리와 자장가 소리가 들린다는 아기무덤과 불목당도 있다. 그 아기무덤과 불목당이 우리가 지나려는 곳이다.

차가 끊기면 삼거리 휴게소도 불을 끄고 문을 닫는다. 주변은 온통 과수원과 못 쓰는 덤불숲과 그리고 고구마 줄기가 뻗어가고 있는 밭들이 줄을 이어 있다. 그믐이라 그런지 사위는 무섭게 어둡다. 어둠과 키 큰 나무들의 그림자와 우리의 검은 교복이 구분 되지 않는다. 바람 한 점 없는데 별들이 바람에 쓸리듯 휘휘 몰려다닌다. 그러다 별나게 구는 별 하나가 길게 꼬리를 물며 다른 곳으로 이동하면 따라 가기도 한다. 어두워서 더 밝다.

길은, 한라산을 향해 오르는 길이라 쉬엄쉬엄 걸어가도 숨이 차다. 우리는 걷다 쉬다 하며 큰 소리로 웃고 떠들지만 눈으로는 주변을 살핀다. 왼쪽의 낮은 둔덕, 아기무덤들이 있는 곳을 지나는 중이다. 약속한 것처럼 수다를 멈추고 달리다시피 빠르게 걷는다. 어린 세 여자의 기친 숨소리로 어둠이 야릇해진다.

걸음을 빨리 하며 지나는 와중에 나는 힐끗 뒤를 돌아보았다. 참을 수 없는 호기심이 저절로 내 목을 비틀었다. 꼭 한 번은 확인하고 싶었다. 어둠속에서의 아기 무덤이 어떤지.

어둠뿐이다. 지금 우리를 감싸고 있는 것과 다름없는 어둠, 고요하고 흔들림 없는 어둠, 아기들을 편히 자게 해주는 것 같은 평화로운 어둠, 나는 돌아서서 희경이의 가녀린 팔목을 잡으며 멈춰 서게 했다. "천천히 가자, 숨차다!" 혜민이도 헐떡거리던 숨을 진정한다. 몸이 무거워서 숨도 무겁다.

어둠속에 풀어진 길이 넥타이처럼 구불거리며 오르락내리락하고 있었다. 길 위의 풍경들이 오래된 흑백 사진처럼 아련하다. 숨을 고른 우리는 서로의 얼굴을 쳐다보며 웃었다. 별거 없잖아. 괜히 놀랐다고 머쓱해하며 가슴을 쓸어내렸다. 큭큭 거리며 웃던 우리는 희미하게 보이는 무덤을 한 번 더 쓱 쳐다보고는 돌아섰다. 다시 수다가 이어지려 한다. 그런데 그때.

응애에앵~~, 하는 소리가 들린다. 우리는 동시에 발을 멈췄다. 그러자 아~앙 응애에엥~~응 하는 소리가 다시 들렸다. 분명 갓난쟁이 울음소리다. 흑! 그 소문이 진짜였나. 머리끝이 쭈뼛했다. 온 몸의 잔털들이 일어나 날카롭게 곤두선다. 식은 땀이 흘렀고 발은 땅에 붙은 것처럼 움직일 수 없었다. 희경이 와 혜민이의 얼굴이 보이지 않음에도 사색이 되었음을 직감할 수 있었다. 우리는 동시에 비명을 질렀다. 아아악~~!!

그 와중에 검고 작은 무엇이 공포에 잔뜩 질린 모습으로 우리 앞을 가로질러 빠르게 달아나는 것을 보았다.

우리를 놀라게 한 것은 들고양이였다. 그것을 알자 우리는 금세 평정심을 찾았고 언제 그랬냐는 듯 다시 조잘거리기 시작했다. 오르막을 다 오르면 어느 정도는 평지가 이어진다. 길이 편해지자 우리의 걸음도 편해졌다. 그리고 어느새 불목당에 이르렀다.

불목당은 소나무와 잡목 그리고 덤불들과 오색의 헝겊 깃발들이 어우러진 도로가에 있는 작은 숲이다. 그곳에서는 심방들이 과일과 생쌀 또는 떡 등을 커다란 바위위에 올려놓고 종종 굿을 한다. 마을의 안녕을 기원 하는 것인지 혹은 누군가의 소원을 이루기 위해 굿을 하는지는 모르지만 우리는 무속 행위를 은근 무시하면서도 두려워했다. 그 곳은 분명 신과 통하려는 영적인 행위를 하는 곳이고 보통사람이 할 수 없는 일을 이루기 위해 소원하는 곳이기 때문이다. 해서 아무나 함부로 들어가서도, 훼손해서도, 그리고 방해해서도 안 되는 곳이라는 암묵적 약속이 이어지는 곳이다. 그곳은 늘 궁금하지만 지날 때마다 온 몸의 근육이 긴장되는, 조심스럽게 그리고 빨리 지나쳐야 하는 곳이다.

희경이와 혜민이가 돌아갔다. 불목당까지만 이라는 약속대로 이곳에 닿자 그들은 '내일 봐!' 하고는 바로 돌아선다. 그 애들한테도 이곳은 두려운 곳이다.

잘 포장된 2차선의 1100도로를 가운데 두고 여전히 과수원들이 이어지고 있다. 그 과수원들은 검은 돌담들로 경계를 이루었고 쭉 이어진 돌담들 안쪽에는 보초병같이 움직이지 않는 측백나무들이 열을 지어있다.

나는 빠르게, 그러나 침착하게 타박타박 걷는다. 혼자 걸으면서 어둠만을 응시하자 모든 것이 뚜렷이 보일만큼 시야가 밝아졌다. 길가의 풀냄새들이 맑은 공기에 섞여 훅훅 달려드는 걸 느낄 수 있을 만큼 후각도 예민해졌다. 고개를 뒤로 꺾어 하늘을 본다. 깊고 어두운 달 없는 밤, 타박타박 걷는 내 발자국 소리가 음악처럼 듣기 좋다. 쌔하니 들어오는 가을 밤 공기의 맛도 좋고. 더구나 오르막 끝에 오르자 이제 다 왔다는 안도감도 들었다.

뒤쪽에서 나를 부르는 듯한 소리를 들었다. 희경이 아니면 혜민이 목소리인 것 같았다. 처음엔 잘못 들었나 하고 대답 없이 뒤를 돌아보았다. 어둡고 멀어서 불목당은 보이지 않는다. 대답을 하지 않아서인지 애들이 또 한 번 나를 부른다. "영애야~" 희경이 목소리였다. 뭐지? 하며 나는 "어~ 왜에~?" 하고 대답했다. 너무 멀어서 들리지 않는 모양이다. 이번엔 둘이 같이 부른다. "영애야아~~~" 뭐 할 말 잊어버렸나 보다 생각하고 몇 발자국 내려갔다. '왜 그러냐고? 내일 얘기해!' 그러자 그게 아니라 조금 가까이 오라는 것처럼 다시 나를 부른다. 나는 동산을 내려가기 시작했다. 저것들이 내일 얘기하면 되지, 지금 꼭.

그러다 애네들 있는 곳까지 갔다 오려면 너무 멀겠다 싶어 입에다 손을 모으고 "너희들도 이쪽으로 좀 와!" 하고 소리쳤다. 그리고 몇 발자국 더 내려갔다. 내 목소리가 너무 작았는지 대답이 없다. 안 들려서 그냥 갔나? 나는 제자리에 선 채 한 번 더 야~하고 불렀다. 대답이 없다. 어둠 속에서 내 목소리만 퍼졌다. 내 목소리가 들리지 않나. 내일 얘기하면 되지 뭐.

멀리 집의 불빛들이 보이기 시작했다. 길도 평탄해졌다. 조금만 더 가면 밤늦게 놀다 돌아가는 사람들이보이고 애들이 몰려다니면서 떠드는 소리도 들릴 것이다.

그런데 왜 이렇게 마음이 불편하지? 온 몸의 털들이 자꾸 쭈뼛쭈뼛 곤두서려한다. 발도 자꾸 빨라졌다.

맑고 청명한 아침이다. 어젯밤의 일은 싹 잊은 채 학교로 갔다. 나는 좀 느려터진 편이라 서두르느라 애서도 가보면 다른 애들은 이미 다 와 있곤 했다. 희경이와 혜민이도 벌써 와있었다. 나는 애들한테 어제는 잘 들어갔는지, 근데 왜 가다가 돌아와서 나를 불렀는지 물었다. "뭐 무슨 할 얘기 인?" 그러자 희경이가 멀뚱한 얼굴을 한다.

"무슨 소리야? 우리 너 안 불렀는데?"

"나 불렀잖아 둘이. 불목당 쯤에서. 대답했는데 못 들언?" 혜
민이가 옆에 있다가 식겁한 얼굴을 한다.

"우리 너 안 불렀어. 겁이 나서 너 데려다 주고는 뒤도 안 돌
아보고 뛰어 왔는데 여기까지?"

"······"

혜민이의 말을 듣는데 등골이 오싹해지고 식은땀이 쭉 흐른
다. 그제야 어젯밤에 온 몸의 잔털들이 곤두서려던 이유를 알
것 같았다.

우리 마을 입구에는 불목당 이라는 작고 소박한 서낭당이 있다. 대
단한 이야기를 가진 당신(堂神)이 있는 곳은 아니다. 그저 평범하기
짝이 없는 나무와 바위가 얼기설기 얽혀진 작고 소박한 숲이다. 낮에
도 늘 어두컴컴해서 으슥한 느낌이 드는 데다 종종 굿을 한 흔적들을
보면서 괜한 두려움에 몸을 떨곤 했던. 하지만 이 신당에도 한 때는
사람들이 몰려가 굿을 하며 마을과 가정의 평안을 위해 비손 했었을
것이다.

우리가 감사해야 할 시간은
언제나 지금

마당에, 마루에서부터 이어져 나온 만장기가 사방으로 걸렸다.

올레 입구에서부터 마당까지는 오방색 천을 묶은 큰 대나무 가지들을 주르륵 세워 놓았다. 굿 하는 집임을 알리는 것인지, 아니면 신이 들어오는 길을 닦아놓은 것인지는 모르겠다. 정재나 화장실 등 그곳을 관장하는 신이 있다고 믿어지는 곳 마다에도 쌀그릇에 대나무를 꽂고 음식을 담은 차롱들을 놓았다. 마루로 올라가면 그곳에도 오방색천이 천장에서부터 길게 드리워졌고, 화사한 꽃그림으로 가득한 병풍 위로 그보다 더 화려한 종이꽃이 올려 져 있다. 제상 위에는 과일과 떡, 그리고 생쌀이 높이 쌓아 올려 진 색동 과자와 함께 진설되어져 있다.

도포를 입은 남자가 북을 치기 시작했다. 옆에 앉은 젊은 여자가 꽹과리를 치기 시작하고 붉은 색과 푸른색이 섞인 화려한 도포를 입은 심방이 창호지로 만든 삼각 모자를 쓰고 요령을 흔들기 시작한다. 촘촘하게 짜여 진 갈색 멍석 위에서 심방이 신은 하얀 버선코가 도드라졌다. 북소리가 멈추자 심방이 천천히 소리를 하기 시작한다. 처음에는 혼자서 제주도 서귀포시 어쩌고 중얼거리는 것 같더니 어느새 판소리 할 때처럼 말을 길게 늘였다 줄였다 하며 가락을 탄다. 북치는 이가 간간히 추임새를 놓는다. 꽹과리와 북소리 사이사이 들리는 소리를 유심히 들어 보았다. 아픈 병자를 낫게 해 달라고 비손 하는 소리일 줄 알았는데 그게 아니었다. 어디서 듣도 보도 못한 재미난 설화 같기도 하고 전설 같기도 한 스토리가 흘러나온다.

"저어~ 먼 곳 승전 땅에 열다섯 살 먹은 조정승 따님애기가 살암시메. 어느 흔 날에 연방충에 세답 허래 가신디, 때마침 이 세상으로 공부흐래 내려온 하늘옥황 수문대장 아들이 지나 가당, 이 따님 애기를 보고 그만 흘~딱 반흐영, 물 흐꼼 주랭 흐멍 조끼띠 오는 거라. 어떵흐여, 이 애기님 부치릅지만 흘수어시 물을 질엉 건네주는디, 어~허!, 이 수문대장 아들이 그만 흘목을 덥석 잡네. 따님 애기도 싫진 아늬신구라 흘목 잡힌 채 フ만이 이시난 이 수문대장 아들이 '공부마치고 돌아올 때 인역

을 다시 찾아오크라~' 허멍 돌아갔주 마씸. 세월이 흘렁 몇 달, 몇 년이 지나신지 모르쿠다. 그때 꼬장 서로 연락도 못흐고 소식도 모른 채 지냄신디, 이 수문장 아들이 공부 다 마칠 때 쯤 되난 혼인해야 허니 하늘로 올라오라는 명이 내려져서 돌아 감신디. 마침 도중에 연방충을 지나게 되난 그제사 옛일이 생각나 조정승 따님애기 집을 찾아가 함께 밤을 지내는 구나~. 어~허! 새벽이 되어 조정승 따님애기가 자신의 신세를 한탄하니 수문대장 아들이 ᄀ찌 강 이 세상과 하늘옥황 사이에 살림을 차리자고 홉디다~~!!. 어~허!! …(중략)"

심방의 걸쭉한 목소리가 어~허! 하는 대목으로 들어가면 요란스레 방울을 울리고 온 몸을 흔들며 제자리 뜀을 한다. 빙글빙글 돌기도 하고 양손에 칼을 들고 칼춤을 춘다. 북과 꽹과리가 그에 맞춰 한 바탕 울리고, 그렇게 한바탕 흔들며 울리고 나면 다시 다음 대목으로 넘어간다.

마당과 부엌에는 모여든 동네 사람들로 빈틈이 없다. 작은 동네에선 쉽게 보지 못하는 큰 굿 구경이다. 대부분의 마을사람들과 친구 혹은 친척처럼 지낸 어머니 덕에 집에 일이생길 때마다 우리 집은 늘 북적거렸다. 이날도 여지없이 집 안팎이 사람들로 꽉 들어찼다. 사람들은 하나같이 굿하는 모습에 집중하는 모습이다.

한쪽 방에, 스스로 몸을 가누지 못하는 어머니를 내가 뒤에서 안고 있다. 기력을 다한 어머니가 처연한 눈빛으로 심방의 굿을 지켜본다. 어머니와 내 옆에는 큰 이모와 작은 이모가 앉아있다. 또 다른 방에는 술기운이 가득한 아버지가 불쾌한 얼굴로 굿하는 것을 노려보다가 쿵쾅거리며 문을 열었다 닫았다 한다. 나와 이모들 기세에 눌려 굿을 하게 했지만 실로 못마땅한 것이다.

'한낮 푸닥거리로 병이 나을 것 같으면……'

심방이 양손을 번갈아 흔들며 펄펄 날듯이 뛴다. 꽹과리와 징소리가 온 집안을 꽉 채우고 밖을 향해 퍼져나간다. 가슴이 울렁거리며 흥분해지기 시작하는데 내게 기댄 어머니가 점점 무겁게 처진다. 거기에 따라 내 몸도 자꾸 뒤로 밀린다. 오방색 화려한 무늬가 눈앞에서 펄럭거린다. 눈물이 앞을 가린 듯 시선이 몽롱해진다.

어머니와 내가 다시 꽹과리와 북소리가 울리는 곳에 와 있다. 거기에서는 피리소리가 길게 울려 퍼지며 꽹과리와 북소리를 이끌어 간다. 마을사람들이 알록달록한 옷으로 치장하고 종이꽃이 달린 모자를 쓰고 있다. 누군가는 상모를 쓰고 제대로 돌아가지 않는 상두를 돌리려 애쓰고, 누군가는 춤을 추며 흥을 돋우고 있다. 때는 한가위 추석날이고 명절을 끝낸 오후, 마을 회관을 시작으로 농악무리가 검은 돌담이 구불구불 이어진 골목들을 돌고 있다. 아이들은 아랫동네부터 윗동네까지 피리와 꽹과리와 북소리를 따라 길게 쫓아다닌다. 사람들이 몰려나와 담벼락에 붙은 채 깔깔대고 소리치고 장난질한다. 나도 어머니와 함께 동네 사람들 틈에 끼여 웃고 떠들고 있다. 가을빛이 어찌나 눈이 부신지 사람들 얼굴이 다이아몬드처럼 빛난다.

때는 한가위 추석이었다.

심방의 옷자락이 기진한 어머니와 내 앞에서 한 번 더 길게 펄럭거린다. 지금보다 훨씬 부족하지만 건강한 것만으로도 얼마나 큰 행복인지 인제 좀 알겠는지 묻는 듯하다.

엄마의 봄날

   글짓기 교실, 70세전후의 어머니들한테 '어머니'에 대한 글을 써 보시라는 숙제를 냈다. 거의 아무도 써오지 않았다. 숙제를 내는 사람과 받는 사람이 따로 노는 교실, 그래도 서 너 명의 어머니가 써 온 글을 받아 같이 읽어 본다.

   '내 나이가 이제 78살입니다. 어머니는 56년 전에 돌아가셨습니다. 아무리 생각하며 떠올리려 해도 어머니의 얼굴이 떠오르지 않습니다. 그래도 보고 싶습니다. 조금만 기다리시면 곧 하늘나라로 가서 만나 뵙겠습니다. 어머니 사랑합니다.'

이 짧은 글을 읽는 동안 글쓴이의 눈가에 눈물이 맺힌다. 작고 여린, 아직도 소녀 같은 모습을 한 어머니가 주름진 손등으로 눈물을 훔치고는 가슴을 쓸어내리며 말한다.

"너무 오래돼서… 우리 엄마 얼굴이 어떻게 생겼는지 생각도 안 나고 그립지도 않아요."

"그런데 왜 우세요?"

"모르겠어요. 얼굴이 안 떠오르는데 엄마 얘기하면 가슴이, 여기가 그렇게 아파요"

목소리가 울먹거리고, 옆에서 듣던 다른 어머니들도 어느새 울상을 한 모습으로 다 같이 공감한다.

"맞아요. 이제는 엄마 얼굴이 잘 안 떠올라"

"……"

"맞아! 그래서 쓸 수가 없어!"

만약 이 자리에 나의 어머니가 계셨다면 어땠을까. 어머니도 엄마가 생각나지 않는다고 할까. 외할머니는 내가 초등학교 때 돌아가셨다. 장사 지내는 내내 엎어지듯 울며 많이 슬퍼하셨지만 이후 할머니에 대한 얘기를 하거나 그리워하는 모습을 보지 못했다. 어쩌면 우리가 보지 못하는 곳에서 엄마를 그리워하며 숨죽여 흐느꼈을는지는 모른다. 하지만 세상의 모든 어머니를 합쳐 놓은 것처럼, 세상의 모든 어머니의 시초가 어머니여서 잃어버릴 어머니는 없는 사람인 것처럼 나의 어머니는 씩씩

했다. 어머니는 그런 사람이었다. 그런 어머니가 인생의 마지막 3년은 가냘픈 꽃잎처럼 살았다.

바람 많은 동네라 허구헌날 집안으로 날아드는 흙먼지를 줄이느라 마당을 시멘트로 발라버렸다. 그렇게 바른 시멘트 마당이 오래되어가자 곳곳에 틈이 갈라지고 그 틈 사이로 심은 적 없는 풀꽃들이 피어올랐다. 사람 다니는 길이 아니면 굳이 뽑을 것도 없어 그냥 바람에 하늘거리도록 놔뒀더니 그것들도 금세 봄날의 한 풍경이 되었다. 시멘트 마당 저쪽으로는 키 큰 종려나무와 아버지 손에 잘 다듬어진 향나무들이 있다. 옆으로는 노간주나무 몇 그루와 이름을 모르는 정원수들이 아기자기하다. 그 뒤로는 아랫집 금자네와 경계를 이루느라 검은 돌담이 둘러쳐져있고, 집을 지키는 장승같은 키 큰 감나무가 돌담에 기대져 있다. 마당입구에는 얼마나 오래 됐는지 모르는 목구슬낭이 기어오르는 덩굴에 몸을 내어준 채 짙은 그늘을 드리우고 있다.

오랜 병으로 기진한 어머니가 봄볕으로 가득한 마당에 나와 앉아 이 모든 풍경들을 둘러보고 있다. 풍신하던 몸의 살이 빠지면서 어머니는 가늘어지고, 늘 뽀글거리던 파마머리는 풀어진 채 뒤로 묶였다. 드러난 목덜미 위로 아기의 솜털 같은 바람이 살랑거리며 지나다닌다.

어머니는 스물여덟 번의 봄을 보낸 후에야 나를 만났고, 나를 만난지 스물일곱 번 만에 봄을 버렸다. 이제야 드는 생각이지만 마지막이 된 그 봄이야 말로 어찌나 찬란했던지. 지금 맞는 날이 나의 마지막 계절임을 아는 사람이 있을까만. 날로 쇠약해져 스스로 몸 가눔을 못했던 어머니조차 그 봄이 차마 마지막일 거라고는 생각하지 못했다.

왜냐하면 나의 어머니는 늘 무쇠처럼 튼튼하고 건강해서 그흔한 감기조차 피해가나 하는 생각을 할 정도였으니까. 그러니 그게 무엇이었든 어머니를 쓰러뜨릴 수 있는 게 있을 거라는 생각을 해본 적이 없다. 그것은 어머니 자신도 마찬가지였을 것이다.

30여 년 전 당시에는 정확히 몰랐던, 지금 생각해보면 자가면역질환이 아니었을까 의심되어지는 병이 어머니를 덮쳤다. 처음엔 무릎이 살짝 아팠을 뿐이어서 우리 모두는 흔한 퇴행성 관절염인줄 알았다. 그런데 그 가벼운 무릎 통증이 나아지기는 커녕 통증의 범위가 점점 넓어져 갔다. 그럼에도 섬 안에 있는 모든 병·의원들을 거친 후에야 어머니는 서울에 있는 대학병원에 갔다.

거기서 어머니는 '류마치스성 질환'이 의심 된다는 진단을 받았다.

이후, 어머니는 입·퇴원을 반복하는 고단한 투병 생활을 시작했다. 모든 민간요법과 굿도 했다. 그런 중에도 좋았다 나빴다. 희망과 절망이 한 손바닥 안에서 널뛰었다. 그래프에 그려 놓으면 널뛰는 것처럼 보이는 그 곡선은 날이 갈수록 하늘 끝을 향해 치달아 올랐다.

오늘은 어머니의 컨디션이 사뭇 가쁘다. 몸의 통증도 언제 그랬냐는 듯 없어졌다. 뒤뚱거릴망정 도움 없이 혼자 걸을 수 있게 되자 말없이 방을 나가 마당의 턱 위에 털석 소리 내며 앉는다. 아쿠! 시멘트 마당이 깨지진 않았는지.

고요하다. 동네 사람들은 모두 일하러 갔겠고, 아이들조차 어디로 갔는지 사위가 쥐 죽은 듯하다.

마당이 키 큰 것들로만 채워진 것은 아니었다. 분꽃이 담을 따라 달팽이가 기듯 기어가고, 아직 꽃을 피우지 못한 것들 속에서 복숭아꽃이 열매처럼 꽃을 달았다. 땅에 들러붙다시피 한 풀끝에도 아주 작은 꽃잎들이 이슬처럼 맺혔다. 그동안 애써 가꿔왔지만 어쩔 수 없이 손 놓아진 것들이 이제는 제 맘대로 줄기를 뻗고 꽃을 피우며 마당 구석구석 빈틈없이 번식을 한다.

마당에 내리던 봄볕이 어머니의 하얀 팔뚝에 닿자 그대로 튕겨나간다. 따가울 테지만 아랑곳없다. 살이 내리면서 오히려 주름살이 엷어진 어머니의 얼굴이 소녀처럼 해사하다.

나비가 팔랑거리며 꽃과 어머니 사이를 오락가락 한다. 잡힐 듯 눈앞으로 다가오다 손을 내밀면 훌쩍 날아가고, 너풀너풀 춤추듯 꽃잎에 앉았다가 다시 되돌아오길 반복한다. 나비에 시선을 빼앗긴 어머니는 그것들에 손짓하며 말을 걸거나 소리 내어 웃는다. 웃음소리가 어찌나 해맑은지, 꼭 어린아이가 까르륵 까르륵 웃는 것 같다.

그늘진 마루에 앉아 그런 어머니의 뒷모습을 보면서 한 폭의 그림 같다고 생각했다. 어머니가 건강했을 때는 한 번도 보지 못했던 모습, 똑 같은 마당, 똑 같은 자리에 앉았더라도 그때는 어머니 손에 일이 있었다. 눈은 꽃과 나비 대신 일감을 바라보았고, 햇살이 따스함은 노동의 시간일 뿐이었는데.

세상의 어떤 풍경이 이처럼 평화롭고 아름다울까. 우리 집 마당이 이토록 아름다운 공간이었나.

아! 제발 이대로, 이처럼 만이라도.

그러나 어머니에게 봄은 다시 오지 않았다.

나는 아직 이 교실의 어머니들처럼 나의 어머니를 잊지 않았다. 같이 지내는 동안 보아온 어머니의 투병생활, 삶의 끝자락이 이렇게까지 고통스럽고 처절해야 하는 것인지. 보는 내내 가슴이 찢어져 '차라리 내 살이 찢어지는 거라면' 했었다.

어떻게도 안 되는 애절함과 안타까움과 그리움이 범벅되어 가슴을 난도질 했다. 그러자 나의 무의식이 그 기억들을 뭉뚱그려 검은 종이로 싸서 의식 깊은 곳에 묻어버린다.

언젠가 내가 견뎌낼 수 있을 때까지 그건 그대로 두어두련다.

카스테라와
빙떡

"삼춘! 오늘 식게 머그레 옵서!"

저녁 어스름, 나는 식게 떡이 조금씩 들어 있는 차롱 몇 개를 들고 이웃집을 돌고 있다. 차롱에는 빵떡이나 침떡, 그리고 솔변, 절변 별떡 등이 식구 수에 따라 차등을 두고 담겨있다.

제사가 있으면 어머니는 며칠 전부터 분주하다. 생선(솔라니)과 적갈용 고기들은 미리 준비해야 하고 떡을 만들기 위해 담가놓은 떡쌀을 갈아 와야 한다. 이 모든 것들은 우리 동네에서 할 수 있는 것은 없어서 오일장에 맞춰 중문에 갔다 오거나 서귀포 재래시장에 나가야 한다.

그리고 집에서 손수 다 만들어야 하기 때문에 제삿날은 온 식구들이 종일 바쁘다.

섬의 제사 명절에는 꼭 빵을 쓴다. 요즘은 카스테라나 다른 빵을 쓰지만, 예전에는 섬에서 생산한 보리나 밀가루로 빵을 만들어 제사에 썼다. 그러자면 발효되는 시간을 맞추기 위해 아침 일찍 밀가루에 막걸리나 이스트를 넣어 반죽한 다음 이불을 덮어놔야 한다.

적갈용 꽂이를 만들기 위해 할아버지는 집 뒤의 대나무를 잘라 잘게 쪼갠 다음 끄트머리를 뾰족하고 날렵하게 다듬고 있다, 아버지는 전에 쓰던 향나무 쪼갠 것들을 꺼내 보고는 아무래도 부족할 듯싶은지, 앞마당에 심어진 향나무(예전에는 향을 피우기 위해 진짜 향나무를 썼다.) 가지 끝을 잘라 잘게 쪼개어 마당에 널어놓는다.

밀가루가 발효되어 가는 동안 어머니는 물에 씻어 담가놨던 메밀을 면 보자기에 담아 짓이기기 시작했다. 어머니가 힘껏 주무를수록 희끄무레 한 물색이 점점 짙어진다. 한 시간 넘게 치대고 나면 메밀의 순수한 전분질이 전부 물로 빠지면서 걸쭉해진다. 물의 농도가 정확히 맞춰 졌는지 섬세하게 살핀 다음 은근한 불에서 완전한 묵이 될 때까지 쉬지 않고 저어야 한다. 제사음식 중 가장 고강도의 노동력을 필요로 하는 이 음식은 마을 안에서도 몇 집이 하지 않는 메밀 청묵이다.

집집마다 다르기는 하나 떡을 제외하면 섬에서의 제사음식은 단출한 편이다. 그래서 각각의 집에서는 자기만의 고유의 음식이 있기 마련인데 이 청묵은 빙떡과 함께 제례 때마다 빼지 않고 하는 것 중 하나다. 맑고 투명하고 담백한 이 묵을 조상님들이 얼마나 좋아하시는지는 모르지만, 할아버지와 아버지는 무지하게 좋아하신다는 것은 확실하게 알고 있다.

묵 젓는 것을 나한테 맡기고 어머니는 시루에다 쌀가루와 팥가루를 번갈아 켜켜이 얹혔다. 그것을 작은 부엌(마당 입구에 예전에 소죽을 끓이던 작은 부엌이 있다)의 솥에다 얹히고, 솥과 시루사이의 틈새는 밀가루를 걸쭉하게 반죽한 것을 짓이겨 펴 바른다. 그리고 둘째를 불러다 앉혀 불을 보게 했다. 그사이 아버지는 셋째와 함께 마당과 올레의 이리저리 뒹구는 낙엽과 비닐봉지 따위를 쓸어 태우고 있다.

"어멍! 솔벤 절벤 같은 떡은 안 허민 안되나?" 쌀의 고소함보다는 단맛을 더 좋아하던 때라 일만 많고 내 입에는 별로인 떡이 싫었다.

"별떡은? 감저 덴쁘라는?

"다 허자"

어느 지역이나 제사에는 꼭 챙겨야 하는 음식들이 있기 마련. 하지만 내가 커 가면서 제사 때가 되면 내가 좋아하는 걸 하나라도 더 하기 위해 미리 어머니를 채근하기 시작했다. 해가 갈수록 어머니는 반드시 해야 하는 제사떡과 내가 우기는 것을 하느라 일이 더 많아졌다.

윗동네 은희 어멍과 운학의 어멍이 들어오다 아버지와 인사를 한다. 금세 마당으로 들어 온 그들은 아버지가 의형제 맺은 삼춘의 아내들이다. 어차피 형님·아우 하던 사이인지라 형제 맺으나 안 맺으나 서로가 챙기는 건 똑 같다.

막내 삼춘이 부엌 마루에 커다란 도마를 놓고 쌀가루 반죽한 것을 밀대로 민다.

"너무 얇다. 조금만 더 두텁게 허자." 어머니와 둘째 삼춘이 납작하게 밀어낸 반죽에 할아버지가 만들어준 떡 틀로 떡을 찍어낸다. 삼춘들의 등장으로 어머니의 일이 한결 수월해졌다. 제사집이 조용조용해야 하지만, 수다 떨며 하는 재미도 생겨났다. 나도 떡 찍어내는 자리에 끼고 싶어 자리를 만드는데.

"방에 강 밀가루 반죽 헌 거 다 부풀어시냐 보라!" 어머니가 반달 모양의 솔변을 들고 나가면서 말한다.

쌀가루와 그릇들이 요란하게 어질러진 부엌에 아버지가 들어왔다.

"적갈 고기 내와라." 밀가루 반죽 상태를 보러 가다 한 양푼 가득 준비한 고기를 꺼내 아버지한테 드렸다. 다른 데서는 어쩌는지 모르겠으나 우리 집에서는 제사 때 꼭 아버지 손으로 하는 게 있다. 적갈을 만드는 일과 제사상에 올릴 묵을 따로 써는 일이다.

"아즈방! 그거 우리가 흐크메 내붑서!" 뭘 모르고 윗동네 막내삼춘이 아버지를 말린다. 남자가, 그것도 아버지가 주방에서 도마질 하는 걸 보는 것이 민망한 모양이다.

"아니 돼서, 이건 내가 훌 거고, 저 사름들은 오늘 애 썸서!

걱정 말앙 혼저 흐여." 아버지가 말한다.

삼춘들은 방금 어머니가 내 준, 떡 뭉치를 길고 동글하게 만든 다음 칼자국이 생기지 않게 손바닥 끝으로 자른다. 그것을 두 겹으로 겹쳐 꽃잎 문양이 새겨진 틀로 누르며 모양을 만들어내고 있다. 해를 닮은 절변이다.

아버지가 고기를 네모나고 일정하게 썰어 꼬챙이에 다섯 개씩 꽂는다. 썰다가 고기가 작게 썰린 것은 일곱 개를 꽂거나 그것도 안 되는 것은 그냥 두고 위에다 같이 소금을 뿌렸다. 이따 구울 때 같이 구운 다음 따로 뒀다 저녁에 식게 먹으러 온 삼춘들과 술안주를 할 것이다. 굽는 동안 내 입으로도 몇 개는 들어갈 테고.

밀가루 반죽이 잔뜩 부풀어 올라 있다. 창문으로 고개를 내밀고 어머니에게 그대로 말했더니, 어머니가 들어와서는 같이 들으란다. 큰 대야에 가득 부풀어 오른 밀가루 반죽이 휘청거리게 무겁다. 절변에다 참기름을 묻히던 삼춘들이 황급히 일어나 어머니를 도와 도마 위로 밀가루 반죽을 밀어 넣는다. 어머니는 반죽을 넓고 두툼하게 편 다음 길쭉길쭉하게 썰어 낸다. 그리고는 무명천을 깐 찜 틀에 올린 후 솥에다 집어넣었다. 그런 식으로 몇 단을 켜켜이 올려서 한꺼번에 쪄내면 빵떡이 된다.

"성님! 떡 너무 하영 허는 거 아니꽝?"

"게메, 경해도 이집 저집 갈랑 먹젠 허민, 넉넉헌게 낫쥬."

떡 구경하기 힘든 시절이었다. 어머니는 제사를 핑계로 음식을 넉넉히 하고는 앞집 옆집은 물론 저 서(西)동네 사는 친구한 테까지 나누었다. 제사가 끝나고 나면 오히려 우리 먹을 게 없 을 때가 많았다.

부엌과 마루사이에 재봉틀을 놓고 쓰는 조그만 방이 있다. 그곳은 제사 명절 때마다 떡을 펼쳐 말리고 보관하는 장소이 다. 깨끗이 치워진 방에는 온 식구가 둘러 앉아 밥을 먹던, 커 다란 밥상위에 솔잎을 깔고 방금 쪄서 참기름을 바른 솔변과 절변들을 붙지 않게 펼쳐 놓았다. 그 방 너머에 있는 우녕팥에 서 참기름에 끌린 날파리들이 몰려들지만 이미 유리문은 닫은 상태다.

정오가 지난 지 한참 됐지만 제사 음식을 다 하려면 아직도 멀었다. 시간을 길게 두고 해야 하는 빙떡과 기름 떡, 내가 추 가시킨 튀김류들은 아직 손도 못 댄 상태다. 거기다 생선과 고 기를 굽고 여러 가지 야채도 준비해야 한다. 그런데도 어머니 는 서두르거나 조급해하지 않는다. 몸이 재바른 어머니는 머 릿속에 모든 것이 순서대로 입력되어 있는 것처럼 일하는 것에 엉킴이 없고 실수가 없다. 작고 풍신한 몸이 굼뜰 것 같은데도 움직임이 활기찬 에너지로 꽉 찬 느낌이다.

"성님 따라 댕기쟁 허민 숨차!"

삼춘들은 어머니보다 몇 살씩 어린데도 살림에서나 밭에서 나 이런 어머니를 따라잡지 못한다.

해마다 같은 날 제사가 돌아와도 이제는 이렇게 힘들여야 하 는 제사 음식은 하지 않게 되었다. 밀가루 반죽을 아랫목에 두고 발효해 만들던 빵떡은 길쭉한 빵이나 카스테라가 대신하고 있다. 각 집안마다 특색 있게 만들던 침떡이라 부르던 시루떡은 떡집에서 하거나 생략하게 되었고, 떡 틀로 찍어가며 만들던 솔변과 절변은 떡집의 기계로 뺀 절편이나 다른 떡으로 대신한다. 하지만 절대 사람 손이 아니면 하지 못하는 것들도 있다. 그것은 아직도 섬의 고유의 음식으로 전해지고 있는 빙떡과 청묵이다. 그중 빙떡에 대한 이야기는 간간히 들리는데 청묵은 하는 사람이 없는지 들리는 소문도 없다.

9월 9일
중량절

집집마다 조상들이 돌아가시는 날이 달라 제사도 각각 다르기 마련이다. 허나 이 섬에서는 한 날 한시 제사지내는 집이 많다. 대부분 그런 집에선 돌아가시거나 실종된 분들이 어느 한 시기에 몰려 있는데, 어느 마을은 같은 날 제사 지내는 집이 수십 군데인 곳도 있다. 모두가 입을 닫고 있어도 그 시기에 돌아가신 분들이 어찌 망자가 되었는지는 다들 미루어 짐작하는 바이다.

섬에서는 굳이 친인척이 아니어도 친한 이웃이나 친구들이 같이 제사를 지내주러 온다. 해서 제사가 몰려 있는 그 날은 식게 집과 식게 먹으러 가는 사람들의 발자국 소리로 초저녁 거리가 한동안 소란스럽다.

종일 제사 음식을 만들고 몇몇 이웃집에 식게 떡을 돌려 제사임을 알리고 나자, 벌써 어두컴컴해졌다. 할아버지와 아버지가 정결한 차림새를 하고 진설을 시작한다. 지방지를 쓰고 위패에 붙인 다음 양쪽에 초를 켰다. 천장 가운데 달린 형광등을 끄자 제상이 차려진 마루는 은은하고 경건하며 엄숙한 장소가 되었다.

낮에 와서 도와주던 삼춘들 내외분이 같이 들어온다. 남자들은 제상 앞으로 가서 절부터 하고 여자들은 곧장 부엌으로 들어온다. 그들은 왜 남편들을 따라가서 같이 절하지 않을까. 제사 집에 오면 고인을 기리는 행위부터 먼저 하는 건 당연 할 텐데, 우리는 여자들이 부엌으로 먼저 들어오는 걸 당연하게 생각한다. 그 자리가 원래 자신들의 자리인 것처럼 자연스럽다.

여자삼춘들의 손에는 제물로 올릴 술 한 되와 주스가 들려있다. 어둠 속에서 사람들이 한 명씩 두 명씩 들어온다. 부부가 오는 집도 있지만 어느 집은 남편만, 어느 집에서는 여자만 온다. 그들은 모두 이웃에 사는 아버지와 어머니의 친구들이다. 하나같이 제물(祭物)로 뭐 하나씩 손에 들고 온다. 쌀, 빵, 술, 음료 등 다양하다. 제상 앞이 그들이 들고 온 재물로 점점 복잡해지고 방과 부엌이 비좁아 졌다.

중량절(또는重九)인 음력 9월 9일, 누구의 제사인지 모르고 제사를 지낼 때까지만 해도 나는 할아버지가 독자인 줄 알았다. 그런데 은연중 대놓고 말할 수 없는 사연을 가진 작은 할아버지가 있다는 것을 알게 되었다. 아버지가 초등학교 때 청년기를 보내고 있던 작은 할아버지는 어느 날 집을 나갔다가 돌아오지 못했다. 1947년 3.1절 기념 행사장에서 벌어진 사건을 계기로 이후 몇 년 동안 피로 물 들었던 시기였다. 집안에서 청년 하나만 없어져도 다른 가족을 대신 죽이기도 했던 살벌함 때문에 할아버지는 기다리기만 할 뿐 동생을 찾으러 다닐 수 없었다. 혹시 누군가 물으면 그 일이 있기 훨씬 전에 육지로 나갔다고 둘러 댈 뿐이다. 조마조마 하면서도 짐짓 아무 일도 없는 것처럼 숨죽여 지내면서 피바람이 멈추기를 기다렸다.

10여 년 전 섬을 떠나온 이후, 절에서 하는 구구절(9.9) 합동 제사에서 우연히 고향 어르신을 만났다. 연세가 70에 가까운데 어찌나 반가워하는지, '객지에서는 고향 까마귀만 봐도 반가운 법이란다.' 한다. 둘 다 구구절 제사를 지내야 하는데 집에서 하기가 힘들어지자, 절의 합동 제사에 참여하여 만나게 된 것이다. 내가 그분을 친척 언니마냥 따르며 친해졌는데, 언제 돌아가셨는지 모르는 분들의 제사인 구구절 얘기를 하다 4.3사건 당시 얘기를 하게 되었다. 정확히 단언 할 수 없지만, 우리 작은 할아버지도 당시 집을 나가서 돌아오지 못했다는 얘기와 함께.

'언니, 우리는 그 사건을 겪지 않아서 진실을 몰라. 학교에서 배울 때는 빨갱이 폭도들 진압한 걸로 배웠을 뿐인데, 그게 모

두 민간인이라고…'

"'민간인뿐이다' 뿐이냐. 임산부에 어린아이에 이빨 빠진 할 망 하르방까지. 기껏해야 이삼백 명 사는 마을 사람들을 빨갱이니 뭐니 하며 데려다 구덩이에 몰아넣어 총 쏘아 죽이고, 마을은 불태우고, 그렇게 없어진 마을도 허다하다. 낮에는 이쪽 군인들이 나타나 빨갱이라고 잡아가고 밤에는 저쪽 무장대들이 나타나 죽이고… 지옥이 따로 없었다더라. 일본 놈들한테 진저리나게 당하다 해방 된 지 얼마나 됐다고…. 나도 산으로 도망쳤다가 어찌어찌 살아 돌아온 사촌한테 들었어. 나도 그땐 어려서 기억이 가물가물해" 언니가 물 한 모금으로 입을 적시며 계속 말한다.

"토벌대들이 빨갱이를 잡는다고 사람들 다 모아 놓고 총을 겨누고 있으면 오줌이 다 지려지지. 그런데 대장이 어느 한 사람을 지적해서 앞으로 불러내어 머리위로 손을 올리게 하고 총을 겨누고 묻는 거야, 이중에 빨갱이가 누구냐고. 지적하면 살려 준다고. 다 같은 마을 사람들이고 아는 사람들인데 누굴 지적하나. 차마 못하고 머뭇거리고 있으면 그냥 그 자리에서 쏘아 죽이는 거야.

눈앞에서 이런 일이 벌어지고 있으니 땅이나 파먹고 살던 사람들이 오죽 하겠냐. 눈도 깜짝 안하고 총을 쏜 대장이 또 다른 사람을 지적해서 앞으로 불러내. 그리고 또 묻는 거야, 빨갱이가 누구냐고. 방금 눈앞에서 이웃이 총 맞는 걸 본 사람은 눈 딱 감고 누구라도 지적하게 되어 있어. 손가락 가는 대로 아무나 지적하는 거야. 끌려온 사람 중에는 임산부도 있고 어멍 품속을 파고드는 아이들도 있었어. 늙은이들이야 말할 것도 없지. 앞에 나온 사람이 누군가를 지적하면, 지적당한 사람을 앞으로 끌고 와, 그리고 지적한 사람한테는 가라고 하지. 처음에는 무슨 말인가 하다가 이내 깨닫고는 도망치기 시작해. 있는 힘을 다해서 달려, 그사이 끌려 나온 사람한테도 똑같이 해, 빨갱이 지적하라고. 그러면 저 사람처럼 살려준다고, 자기를 지적한 사람이 살아서 도망가는 걸 보고 그 사람도 누군가를 지적해. 근데 그러는 사이 토벌대중 다른 사람이 도망가는 사람의 등을 겨냥해 총을 쏘는 거야, 뭣도 모르고 도망치던 사람이 풀썩 쓰러지지, 운 좋게 총알이 비켜 가면 살 수 있었으려나. 그러나 그런 사람은 없었어. 같은 마을 사람끼리 지적하고 죽고 죽이고. 서로 도와가며 뭉쳐 살던 사람들끼리 본의 아니게 원수가 되어갔어.

언니는 그때 임신해 있었고, 다른 사람과 같이 산위로 간신히 도망쳐 멀지 않은 곳에서 벌어지고 있는 이 일을 다 보고 있었던 거야. 그런데 형부는 그 자리에 없었어. 그 전에 죽었는지 아니면 도망쳤는지 끝내 돌아오지는 못했어.

1954년 9월로 4.3 사건은 7년 7개월 만에 공식적으로 종결되었지만, 작은 할아버지는 돌아오지 않았다. 그러나 학살 당한 사람들에게는 좌익이라는 오명과 남은 사람들에게는 연좌죄라는 그물로 조이고 있어 대놓고 행방을 찾을 수도 없었다.

다만 몇 년을 기다려도 돌아오지 않자 죽었으려니 생각해서 제사를 지낸다. 언제 돌아가셨는지 모르는 분들을 위한 날인 음력 9월9일에.

제사는 밤12시에 이루어진다. 그 시간까지 졸지 않고 버티려면 이런저런 수다가 이어져야 한다.

"조근 아방이 살아 시민 오늘 식게 허는 일도 어실테고, 이 집도 이추룩 적적허진 않을 걸!"성근이 어멍이 제사에 올리지 않은 걸로 주전부리 하면서 운을 떼었다.

"경허주, 장개라도 간 다음 죽어시민 오죽 좋아,"

"오늘 제사 허는 집이 우리 동네에도 몇 집 되지. 아마"

"경헐텝주! 오늘 제사 허는 집이 섬 전체 합치면 아멩 못해도 수백 수천은 될 거라."

시간이 갈수록 수다가 줄어든다. 잠시 잠깐 조는 사람도 생겼다. 그러다 12시가 가까워지자 제사 집은 다시 낮에 떡을 만들 때처럼 부산해졌다.

2000년 1월 12일 '제주4·3사건진상규명 및 희생자 명예 회복을 위한 특별법'이 제정, 공포되었다. 그리고 2003년 10월 31일 진상조사위원회의 의견에 따라 대통령(노무현)이 국가권력에 의한 민간인의 희생을 인정하고, 유족과 제주도민에게 공식 사과문을 발표하였다.

하지만 할아버지는 물론 아버지 어머니도 이러한 일은 보지 못하고 모두 돌아가셨다.

제 **05** 장

팽나무 이야기

나는
팽나무입니다.

어느 이른 봄 새벽, 친구들과 밤새워 놀던 익구 아버지가 집으로 돌아가던 중 길 위에서 쓰러졌습니다. 너무 이른 새벽이라 길에는 오고가는 사람들이 없어 한동안 그대로 있었지요. 사람들이 발견했을 때는 이미 숨겨 있었습니다.

또 누군가의 아버지는 국가 기관에 끌려가 모진 고문을 받고 돌아왔습니다. 품위 있고 단정한 선비이던 그는, 현실과 망상을 오가는 혼미한 정신과 뼈 마디마디가 부러져 성한 곳이 없는 상태로 돌아왔지요.

아들만 데리고 살던 과부가 느닷없이 아이를 배 온 동네가 수군거리게 만드는가 하면, 깊은 밤 부부가 끙끙 거리며 진한 사랑을 나누다 불쑥 나타난 아이 때문에 식겁하는 일도 있습니다.

아이들이 나고 자라고, 누군가는 병들고 죽어가는 일 등, 나는 이곳에서 일어나는 일이라면 하나도 빠짐없이 알고 있습니다. 그들의 언어, 그들의 몸짓, 그들의 숨소리까지도.

이러한 나는 아주 오래된, 늙은 팽나무입니다. 늙었다는 말에 걸맞게 내 몸은 온갖 풍상에 시달려 여기저기 패이고 긁히고 까였습니다. 아이들이 매일같이 오르내리느라 거칠 거려야 할 표면은 맨들 거리고 밝고 올라서는 곳엔 발자국이 다 생길 지경입니다.

이 섬에는 나와 같은 나무들이 돌이나 바람만큼 흔해빠졌습니다. 마을마다 가는 곳마다 있으며 종종 신이 깃들어 신성해진 것까지 있다는 소리도 듣습니다만, 이 동네 사람들은 당최 나를 그렇게까지 봐주진 않습니다. 그건 고사하고 밟고 올라서지만 않아도 좋겠다는 생각이 드는 걸 보면 나도 늙긴 늙었나 봅니다. 그런데 사람들은 우리의 늙은 모습을 더 좋아하니.

가지가지 일로 지지고 볶고 살아봤자 백년도 못사는 사람들이 내 그늘 밑으로 모여들어 온갖 얘기들을 해댑니다. 어차피 다 지나가는 것들, 지나고 나면 아무것도 아닌 것들을 가지고 죽을 둥 살 둥 합니다. 뭐, 그게 인간이니까요. 저희들끼리 그러면서 사는 힘을 얻기도 하는 모양입니다.

내가 있는 곳은 앞동산입니다. 돌과 흙을 쌓아 올려 만든 쉼팡이지요. 큰길가에서 위로 난 올레와 아랫길의 올레에 사는 모든 사람들이 오고가다 들르는 사랑방 같은 곳입니다. 대부분 동네의 어르신들이 모이긴 하나 아이들도 떼거지로 모입니다. 여기는 나 말고도 타고 오를 나무가 몇 그루 더 있으니까요. 더구나 평평하게 다듬어져 있어서 여자아이들이 퍼질러 앉아 공기놀이하기엔 딱입니다.

오늘도 어김없이 하르방 몇이 앉아 있습니다. 아이들 몇은 벌써 내 굵은 둥치를 타고 올라와 매미처럼 다닥다닥 붙었습니다. 수건을 쓴 인자 어머니가 이곳을 지나 안쪽에 있는 집으로 가려다 그늘에서 멈춥니다. 곧이어 근영의 어머니와 정순의 어머니도 그늘 속으로 들어옵니다. 뙤약볕이 어찌나 혹독한지 일을 할 수가 없는 모양입니다. 그들은 엊그제 생긴 동네 아이 오토바이 사고에 대해 얘기합니다. 알(下)동네 노총각 장가가는 얘기며 장날 미생이네 가게에서 들었던 이야기도 합니다. 그들은 얘기 중간 중간 한숨과 안타까운 걱정과 더불어 좋아라 하는 모든 감정들을 뒤죽박죽 섞어 드러냅니다. 인생이란 게 어차피 좋았다 나빴다 앞을 모르는 것이긴 한 모양이지만 참 단순합니다.

어쨌든 그들이 하는 얘기와 공감은 바람을 타고 올라와 나의 나뭇잎 하나하나에 그대로 새겨집니다.

그들의 이야기, 그들의 한숨, 그들의 눈물, 그들의 웃음, 이 모든 이야기들을 간직한 나는 이 동네의 산 역사입니다.

어차피 다
지나가는 일이라기엔

상이 아버지가 돌아왔습니다.

느닷없이 들이 닥친 사람들에 의해 끌려 간지 몇 개월만인지는 모르겠습니다. 그런데 그 집에서 울음소리가 그치지 않습니다. 근심걱정으로 지새우게 하던 가장이 돌아 왔는데 왜일까요. 상이 아버지는 끌려갈 때 가졌던 반듯하고 말짱한 정신은 온 간데없이, 어느 한 곳도 성하지 않은 상태로 돌아왔습니다. 듣자하니 고문에 의해 사지육신이 성한 곳이 하나도 없다 하네요.

처음 상이 아버지가 끌려갔을 때 모두들 영문은 모르고 근심과 걱정을 했었습니다.

그런데 동네 누군가 알아보니 끌려 간곳이 삼청교육대라네요. 당시는 국가 공권력이 무소불위였던 시대였습니다. 무장한 군인들이 무고한 시민들을 향해 총을 발포하게 해서 무수한 살상을 낸 일도 있었으니까. 물론 우리 동네 얘기는 아닙니다. 하지만 그렇게 권력을 잡은 이는 폭력과의 전쟁 운운하더니 폭력배는 물론 이렇게 무고한 사람까지 잡아갔네요.

상이네는 우리 동네의 몇 안 되는 부잣집중 하나입니다. 상이 아버지는 점잖고 말수가 없을 뿐만 아니라 동네 사람들과는 조용조용 어울렸습니다. 그냥 점잖은 선비 같다고나 할까요. 그리고 보면 그 집 식구들은 모두 다 하나같이 조용하고 편안한 사람들이었습니다. 네 그렇습니다.

동네의 대부분의 집들은 안거리와 밖거리가 하나의 마당을 두고 살지만 상이네는 각각의 마당이 따로 있었습니다. 그리고 돌담으로 구분되어 있었지요. 그러니까 집 전체를 둘러싼 성곽처럼 보이는 돌담과 집안에서 안채와 바깥채를 구분하는 돌담이 있었습니다. tv에나 보던 조선시대 양반 댁처럼 안채와 바깥채가 구분되어 있으며, 각각의 마당에는 집 주인의 취향에 맞는 화초들을 심어 정원을 이루었습니다. 게다가 집 전체를 둘러 싼 돌담 위에는 넝쿨 장미와 능소화가 번갈아 흐드러지는데, 아름다우면서도 함부로 할 수 없을 것 같은 위엄이 집에서 풍겨옵니다.

1960년대 이후 섬의 경제에 활력을 불어 넣은 것은 섬을 고향으로 가진 사람들의 정성어린 도움이었습니다. 공부를 잘해서 성공했든, 사업을 잘해서 돈을 많이 벌었든 결국 고향에 남아 있는 것은 그들의 부모 형제였기 때문입니다. 섬의 척박한 환경에서 먹고 사는 일이 얼마나 힘든지를 아는 그들은 자신의 성공을 고향을 위해 일부 썼습니다. 그 중에는 일본에서 성공한 제일교포들도 많았습니다. 그들이 주는 도움은 알게 모르게 이 섬의 살림살이 형편을 피게 만들어 줬죠. 우리 마을에도 그런 제일교포 친척들의 도움으로 살림살이가 풍족해진 집이 몇 있습니다. 상이네는 그런 집중의 하나였습니다.

그런데 상이 아버지가 붙잡혀 간 것은 그 제일교포 친척 때문이었답니다. 친척이 조총련이기 때문이라네요. 어이없는 일이지만 사실입니다. 당시 이 사회는 반공 이데올로기로와 연좌죄라는 걸로 국민들에게 오라를 묶었던 시대였으니까.

상이네도 제일교포 친척들한테 경제적 지원을 받았겠지요. 이 동네의 다른 많은 사람들처럼, 귤 묘목을 도움 받았을 테고, 일본을 오고가며 기술도 전수 받았을 테고, 때론 현금지원도 받았겠지요. 그래서 살림살이가 이 마을의 다른 사람들보다 더 빨리 더 크게 불어났을 겁니다. 그런데 정부는 그 어떠한 행위도 순수하게 보지 않았습니다. 간첩행위를 했다는 것이지요. 진짜, 정말로 간첩행위를 하지 않았다 해도 조총련은 북한과 관계있는 사람들이고, 그런 사람들과 접촉한 상이네 아버지는 간첩행위를 한 것과 마찬가지랍니다. 아니, 당시에는 조총련을 친척으로 둔 것만으로도 죄였습니다.

마을 사람들은 한동안 이 앞동산에 모여 앉아서 상이네 얘기를 했습니다. 누가 들을까 쉬쉬 하면서 했습니다. 아무리 쉬쉬하고 소근 거려도 내가 다 듣고 있는데 말입니다.

간첩혐의를 덧 씌웠으니 오죽했겠습니까. 고문이란 고문은 다 했겠지요. 간첩에 대한 고문이니 고문하는 그들도 아무런 죄책감 없이 했을지도 모릅니다. 그런데 간첩혐의 있는 사람이 왜 삼청교육대에 끌려갔을까요? 이 마을 사람들이 잘못 알고 있는 건 아닐까요?

나중에 들으니 간첩혐의는 있지만 증거는 없고 그렇다고 풀어주기도 뭣해서 삼청교육대로 보내졌었다는 말도 있지만 아무도 사실 그대로를 아는 사람은 없습니다. 조용하고 편안한 그 집 사람들은 한동안 마을 사람들과 교류를 하지 않았으니까요. 상처가 컸을 겁니다. 마음이 아파요.

깊은 위로를 드리고 싶지만 내가 할 수 있는 건 바람에 나뭇잎이 사라락 거리며 스치는 소리뿐입니다.

어느 마을에나 질풍노도의 시기를 보내는 청춘들이 있습니다. 그 청춘들은 어떤 악의적인 의도를 갖지 않았더라도 뻗어나가려는 에너지를 주체 할 수 없어 충동적 일탈을 일삼기도 합니다. 그러나 그런 일들은 대체로 한시적이어서 질풍의 시기가 지나면 언제 그랬냐는 듯이 자신의 부모들처럼 사회인으로 적응해갑니다. 다만 사람에 따라 그 시기가 길거나 짧을 수는 있습니다. 간혹 끊임없이 질풍노도의 시기를 연장해가는 청춘도 있지만요. 그런 청춘들한테 삼청교육대는 무시무시한 곳이었습니다. 들리는 말에 의하면 한 번 들어가고 나면 병신되기 전에는 나오지 못한다는 말이 있었으니까요. 그래서 질풍노도의 에너지를 통제하지 못해 자칫 아웃사이더가 된 청춘들은 숨어야 했었습니다.

그런 청춘을 자식으로 둔 아버지들이 상이 아버지가 끌려갔을 때처럼 앞동산에 앉아 조마조마한 한숨을 쉽니다. 그 사람들한테는 상이 아버지의 일이 결코 남의 일이 아닙니다.

'어차피 다 지나가는 일, 시간이 가면 어떻게든 희미해지거나 대부분 잊어질 일들뿐인 걸!'

이 사람들이 쉬는 한숨소리에 나도 덩달아 한숨이 납니다. 그러자 내 굵은 허리가 한 뼘은 더 돌아갔습니다. 나의 나뭇가지는 풍상에만 휘어진 것이 아니라 이들이 내쉬는 한숨과 눈물 때문에 더 패이고 갈라지고 휘어집니다.

시간이 많이 지나갔습니다. 상이 아버지가 돌아 온지도 일 년이 넘어 가지만 집 밖으로 나오지는 못합니다. 우리 마을의 아웃사이더 청춘들은 잘 숨었는지 험한 소식이 더는 들리지 않습니다. 다행입니다.

가장이 그리 된 후 깊은 슬픔이 마당을 가득 채우고 있는 듯했지만 그래도 상이네는 잘 견뎌내고 있는 것 같습니다. 담 위의 넝쿨 장미와 능소화가 여전히 화사하게 꽃을 피웠습니다.

그녀의
몰래한 사랑

    내가 도저히 이해할 수 없는 일이 생겼습니다. 나뿐만아니라 여기 놀러 오는 어느 누구도 이해 할 수 없어 합니다. 뭐, 굳이 따지자면 이해 할 수 없지만, 심심하던 차에 대놓고 할 수 있는 뒷 담화 거리가 생긴 것입니다. 적당히 걱정을 섞어 비난 할 수도 있고, 눈을 흘겨가며 수근 거릴 수도 있고, 잔뜩 호기심 어린 눈으로 추측하고 짐작하면서 한동안 즐길 수 있습니다. 남의 일이니 마음껏 얘기합니다.

    아들 둘만 데리고 사는 과부의 배가 불러갑니다. 처음에 사람들은 '그럴 리가!' 했습니다. 배가 불러와도, 애 딸린 중년과부 배불러 오는 거야 나잇살이 급격히 찌는 것이라고 생각했지요. 그런데 봄이 지나고 여름이 깊어지면서 옷이 얇아지자, 그 위로 드러난 과부의 배는 벌써 한라산 중턱만 해졌습니다. 앞동산 그늘 밑에서 이런 저런 얘기로 소일하던 할아버지들이 마침 지나가던 아이를 불러 세웁니다.

"원형아~ 아부지 왔다 가시냐?" 그럴 리는 없다 생각하면서 혹시나 하고 물어 봅니다.

"아니 마씸.!"

"게민, 누구 다른 사람 왔다가는 사람은 없고?"

"어수다." 아이는 불뚝 살을 내밀고 붉어진 얼굴을 돌리며 가던 길을 갑니다. 아무리 숫기가 없어도 한창 사춘기인 소년의 심기가 속에 불을 지피는 것처럼 타고 있음이 드러납니다.

"하기사 10년 전에 나강 소식 없던 아방이 갑자기 돌아 와실리도 없고, 와시민 영 조용 헐리도 없는 일이고. 거~ 참!" 할아버지들은 동네의 남사스러운 일에 대해 쩝쩝 거리기만 할 뿐 더 이상 뭐라고 하기가 그렇습니다.

이 앞동산에는 공동수도가 있습니다. 각각 개인집마다 수도가 다 들어가 있지만, 역시 공동수도나 공용 빨래터가 있어야 아줌마들이 모입니다. 온갖 소문의 진원지이기도 하지만 개인사를 드러내 얘기하며 스트레스를 풀고, 때로는 문제 해결의 지혜를 얻어가기도 했던 곳이지요. 개인수도가 생기면서 아줌마들이 뜸해졌었지만 날이 더워지면서 그늘을 찾아 모여 듭니다. 수돗가에는 여자들이, 그 위쪽으로는 장기판과 바둑판을 든 남자들이, 그리고 내 둥치에는 아이들이 매달립니다.

"대체 누겐고? 원형이 어멍 배 불려 놓은 사„이?"

"글쎄…, 원형이 아방은 아닐 테고."

원형이 아버지는 원형의 동생이 뱃속에 있을 때 말없이 집을 나가 돌아오지 않았습니다. 벌써 10년 전의 일입니다. 어린 원형이 혼자 있는 초라한 집에서 원형이 엄마는 혼자 아이를 낳았습니다. 가장도 없이 어린애 둘을 키우며 농사 일 하는 건 보통일이 아닙니다. 그래도 묵묵히, 다른 체신없는 여자들처럼 팔자타령 하며 징징대고 우는 일 한 번 없이 끈덕지게 살아냅니다.

동네 사람들도 이러한 사정을 모르지 않아서 품을 팔게 될 때도 아이 업고 오는 걸 당연하게 여깁니다. 어차피 이 섬에서는, 애기구덕에다 아이를 뉘이고 젖을 물려가며 일 하는 것은 흔한 풍경이기도 했었습니다. 지금은 애기구덕 자체가 거의 없어졌지만, 예전 아이를 낳고 키우는 집에서는 필수였지요. 또 위의 언니나 형이 애기업개 노릇을 합니다. 대체로 동생들은 어머니 품보다 언니 오빠들의 품에서 자라나는 경우가 더 많습니다. 원형이도 젖먹이 동생을 돌보느라 등짝이 자유로울 세가 없었습니다. 게다가 가끔 아버지나 어머니에 대해 수군거리는 얘기들이 좋지만은 않아서, 자꾸 거리를 두게 되었습니다. 어린애인데도 눈치만 살피는 숫기 없는 아이가 되어 갔지요. 이 앞동산까지 와도 내 등걸에 다닥다닥 매미처럼 붙은 아이들을 쳐다보기만 할 뿐 나무에 오르려 하지 않습니다.

하기야 임신한 어머니를 놔두고 아버지가 집을 나간 것은 아이의 눈에도 이상한 일입니다. 결코 좋은 일로 나간 건 아닐 테지요.

어쨌거나 시간은 모든 것을 잠재우고 평상으로 돌아가게 하는 힘이 있습니다. 사람들이 뭐라 했든 아무 대거리 없이 지내는 동안 원형의 동생은 건강하게 잘 자라고, 그간의 일은 사람들의 관심 밖으로 밀려 났습니다. 그런데 또 이런 일이 생겼습니다.

"동네 홀아방 짓인가?"

"동네 홀아방 누구? 설마 건이 아방?" 말을 뱉어 놓고도 어이가 없는지 피식 웃습니다. 건이 아방은 정신지체아 아들을 데리고 사는 장애인이자 이 동네 유일한 홀아비입니다. 게다가 거의 하르방입니다.

"제 몸 하나 가누기도 힘든데 무신…!"

"홀아방이 아니면 누게가 경허여? 어떤 간 큰 놈이 각시 놔두고 처용귀신 같이 오밤중에 여자 도둑질 허래 들어가느냐고?"

"게메 말이여."

다른 동네에도 그런지는 모르겠지만 이 동네에는 혼자 사는 여자가 혼자 사는 남자에 비해 월등히 많습니다. 노인들 중 할머니가 돌아가시고 혼자 사는 할아버지는…, 그럼 상처하거나 이혼해서 혼자 사는 중년남자는…, 다 꼽아도 다섯 손가락 안짝 같습니다. 그런데 혼자 사는 여자는 열손가락이 부족하니다. 바람 많고 돌 많은 건 굳이 따져보지 않아도 눈에 보이고 피부로 느껴집니다. 그런데 여자가 더 많다는 건, 우리 마을만 봐도 알겠네요. 그렇다고 해서 이와 같은 일들이 다반사로 일어나는 것은 아닙니다.

"원형이 동생이 원형이하고 혼 아방에 아이가 맞을까?"

"게메, 것도 의심스럽네. 그렇잖으면 원형이 아방이 무사 떠나? 또 왜 안 돌아오고?"

"지난 겨울에 복숙이네 집에 식게 먹으레 갔다 오당, 그 집에서 시커먼 그림자가 나오는 걸 본 것도 닮아, 그땐 무심히 지나가신디 일이 이렇게 되고 보니…, 딱 그때네."

"아이구~ 갖다 붙이기는, 놈의 말이랭 함부로 허지 말앙!"

사람들이 내내 오고가며 바뀌어도 앞동산에서 하는 말들은 비슷합니다. 남자들은 남자들대로 장기나 바둑을 두다가도 '혹시 너냐?'하며 장난삼아 놀립니다. 여자들은 여자들대로 온갖 추측과 억측을 섞어가며 가능한 많은 말을 만들어 냅니다. 그러나 정작 본인한테서는 어떠한 말도 듣지를 못합니다. 정말로 무슨 일인지, 아이 아빠가 누구인지.

원형엄마의 나이는 거의 40에 가깝습니다. 살집이 올라 안 그래도 둥그런 얼굴이 더 퍼져 너부데데하고, 낮은 코는 광대 사이에 더 깊이 파묻혔습니다. 웃는 일이 별로 없지만 어쩌다 웃을 땐 잇몸이 한껏 드러나고, 아말감으로 때운 어금니 몇 개가 입안에서 시커멓게 자리한 게 보입니다. 결코 미인이라고 할 수는 없는데, 몸짓에 알듯 모를 듯한 교태가 묻어 있습니다.

헐렁한 몸뻬 속에 감췄는데도 드러나는 치명적인 관능미랄까. 아무튼 참 묘합니다.

그렇다 해도 이제는 전처럼 혼자서도 아이를 낳을 수 있을 만큼 젊지도 건강하지도 않습니다. 그리고 10년 전과는 자신을 보는 시선이 완전히 다르다는 것도 알고 있습니다. 그때는 추측이 난무했지만 그 안에 애잔한 연민이 깔려 있었지요. 하지만 지금은 온통 수군거림뿐 입니다. 그런데도 원형이나 원형이 엄마는 아무런 대거리가 없습니다. 그저 묵묵히 시간이 지나가길 기다리는 것 같습니다.

사람의 인생이라는 게 모든 면에서 명확하게 보여주고 설명할 수 있는 것들로만 채워진다면 어떨까요. 그러면 사람사이 일들의 모두 진실한 면만을 보게 될까요. 그러나 우리 모두가 다른 사람을 발가벗긴 듯 다 알아야 할 필요는 없겠지요.

때론 감춤으로 더 충만하게 가슴이 차오르는 것도 있습니다.

원형엄마한테는 우리가 모르는 어떤 로맨스가 숨겨져 있는지도 모릅니다. 굳이 드러내서 오염시키고 싶지 않은 그런 로맨스, 다른 이들에게 알리지 않음으로 스스로를 더 충만하게 하는, 깊이 간직된 그런 사랑을 하고 있는지도 모르겠습니다.

깊고 푸른 밤
그대는

깊은 밤입니다. 12시가 넘어 가는데 영애네 집은 불이 훤하고 시끌시끌합니다. 식게인 모양입니다. 요즘엔 웬만큼 까다로운 집에서도 9시가 지나면 식게를 시작해서 일찍 끝냅니다. 헌데 영애네는 아버지가 있는 한 그럴 일은 생기지 않을 것 같습니다. 워낙 고지식하고 고집스러운 아버지라 식구들이 돌아가며 얘기를 해도 듣지 않습니다.

'내가 죽은 다음에는 맘대로들 해라!' 하니 온 식구가 어쩔 수 없지요. 그에 맞춰 식게 먹으러 가는 사람들도 12시까지 꼬박

기다렸다 음복하고 옵니다. 뒷날 직장에 출근하거나 학교에 가야하는 아이들에게는 버거운 일입니다. 더구나 제사를 끝내고 나면 한 동안 치워야 할 일이 산더미이니 한숨부터 나오지요. 음복이 끝나자 사람들은 서둘러 나옵니다. 달도 없는 깊고 어두운 밤, 식게 먹으러 갔던 사람들이 타박타박 올레를 빠져나와 큰 길에서 서로 인사하고 헤어집니다.

곧이어 영애가 몇 개의 차롱을 들고 큰 길에 나타납니다. 그리고는 내가 있는 앞동산을 돌아 긴 골목 쪽으로 천천히 들어갑니다. 그 골목은 사방이 키 큰 나무들의 그림자로 인해 무척 어둡습니다. 무서울 법도한데 차분합니다. 사실 어두움 그 자체를 무서워하는 게 아니라면 동네에서는 깊은 밤에 혼자 다녀도 별 일은 없습니다. 별 일은 없지만 사실 아무것도 제대로 보이지 않는 어두움 자체가 무서운 법인데, 아마도 태어날 때부터 쏘다니던 곳이라 그냥 익숙해진 것 같습니다. 그리고 다른 동네는 어떨지 모르겠지만 이곳은 차라리 귀신이 무섭지 사람이 무서운 곳은 아니니까.

영애는 골목으로 돌아 들어가려다 앞동산의 나지막한 돌팡 위에 차롱을 올려놓습니다. 무슨 일인가 들여다보니 아, 차롱 세 개를 한 번에 들고 나오느라 무거웠던 모양입니다. 영애는 이왕에 차롱을 내려놓은 김에 숨 한번 길게 내쉬면서 하늘을 올려다보고 귀도 기울여 봅니다. 바람조차 불지 않아 사위가 너무나 적막합니다. 별들이 무리 져 이리저리 흐르는 것처럼 보이는 하늘은 푸른빛이 섞인 듯 깊고 어둡습니다. 영애는 다시 차롱을 단단히 들고 길을 걷습니다. 돌부리에 걸려 넘어지지 않도록 조심히 걷느라 걸음이 느립니다.

지금 가져가는 식게 밥은 세 집의 것입니다. 식게인 줄 알고 저녁에 제물은 보내 왔지만 식게 먹으러 오지 않은 사람들과, 제물을 보내지 않았지만 그래도 같이 나누어 먹고 싶은 집의 것이지요. 아무리 깊은 밤이어도, 잠에 빠져 있어도 식게 밥 가져가 깨우는 일은 실례가 아닙니다.

차롱에 담긴 것은 제사그릇처럼 깊고 큰 그릇에 가득 담은 쌀밥과 생선 한 조각, 적갈과 나물 그리고 떡 등입니다. 음식의 양은 조금씩 다릅니다. 식구가 많은 집에는 조금 많이, 적은 집은 조금 덜 담겼습니다. 별거 아니지만 그래도 식구들이 한 입씩이라도 먹을 수 있도록 신경을 씁니다.

식게가 끝난 다음 그 음식을 담 너머 옆집과 윗집 등에 나누는 풍습은 오래 되었습니다. 척박한 자연 환경과 사투를 벌이다시피 해야 밥 한술 입에 넣을 수 있을 만큼 아주 어려웠던 시절, 쌀밥 한 그릇, 고기 한 점 먹는 일은 제사나 명절 때가 되어야 가능했지요. 그러니 남의 일도 내일처럼 서로 돕지 않고서는 살 수가 없었을 때의 특별한 날, 특별한 음식도 당연히 이웃과 나누었겠지요. 지금처럼 음식이 풍족해지기 이전 이곳의 아이들은, 이웃의 식게가 있는 날이면 그 집 식게가 끝나는 시간을 손꼽아 기다리기도 했었습니다. 쌀밥 한 숟갈, 고기 한 점을 먹고 자기 위해서요.

식게 밥 속엔 음식만 담긴 것이 아니라 정도 담뿍 들어 있었습니다.

 골목에서 가장 가까운, 나란히 붙은 집 두 군데에 식게 밥을 전하고 이제 마지막 한 군데가 남았습니다. 무섭도록 고요한 시간, 올레와 집과 마당을 에워싼 돌담들이 긴 나무 그림자에 숨었다 드러났다 하며 낮과는 생판 다른 얼굴을 보여줍니다. 그런 모습들이 무섭기도 하고, 신기하기도 합니다. 아무리 늦은 시간이라지만 길에는 정말 사람의 그림자라곤 하나 없습니다. 젊은 애들이 밤늦게까지 놀다 길거리에서 마주 칠 법도 한데 오늘은 다들 모범생인지.

 저벅거리는 자신의 발소리밖에 들리지 않는 길을 영애는 차분히 걸어갑니다. 곧이어 잠그지 않은 대문을 지나 제대로 보이진 않지만 장미와 앵두나무가 있음을 확실히 아는 마당으로 들어갑니다. 마당은 시멘트로 포장이 되어 있어 발밑을 크게 조심해야 할 건 없습니다.

 "삼춘~" 영애가 나직한 목소리로 조용히 삼춘을 부릅니다. 식게 밥을 가져 오긴 했지만 온 식구를 다 깨울 필요는 없으니까요. 안에서 낮게 끄응! 하는 소리가 들립니다. 처음엔 그게 무슨 소린지 몰랐습니다. 그냥 영애가 부르는 소리에 단번에 잠을 깼나 하는 생각은 잠깐 했지요.

 '삼춘~' 영애는 몇 발자국을 더 간 다음 다시 한 번 부릅니다. 뭔가 부스럭 거리는 소리가 들리는 걸 보면 깬 것 같기도 하고, 근데 안에서 사람이 나오는 대신 숨 찬 소리가 낮게 새어나옵니다. 암·수 고양이가 서로 엉키면서 내는 것 같은, 오금을 저리게 하는, 여자의 소리인지 남자의 소리인지는 모르겠습니다. 영애는 어찌할 줄 몰라 그 자리에 멈춰 섰습니다. 소리는 멈춘 듯하다 이어지고, 또 멈춘 듯하다 이어집니다. 정확히는 모르지만 이불 들썩이는 소리와 섞이며 들려오는 소리가 아무래도 아는 척 하면 안 될 것 같아 영애는 더 이상 사람을 부르지 못합니다. 조금 망설이는 듯하던 영애는 식게 밥이 들어 있는 차롱을 열려진 문틈으로 낭간위에 올려놓습니다. 소리 없이 살금살금 움직이는 영애야말로 고양이 같습니다.

발끝을 들고 마당을 빠져 나오는 영애 뒤에서 들썩이던 낮은 소리가 절박한 소리로 바뀝니다.

언덕 위의
하얀 집

　마을 끝자락에 있는, 반대로 보면 마을 입구의 언덕위에 자리 잡은 하얀 회벽 칠이 된 집.

　그 집에, 동화 속에서 금방 튀어 나온 것 같은 아이가 이사 왔습니다. 도자기같이 반들거리는 하얀 피부, 길게 땋아 내린 검은 머리카락, 너무 커서 겁먹은 것처럼 보이는 쌍꺼풀 진 눈, 미세한 바람에도 흔들리는 긴 속눈썹, 나폴 거리는 하얀 원피스에 노란 운동화나 빨간 구두를 주로 신는 아이.

　그러나 그 아이는 이 마을에 온지 한참 되지만 마을 아이들과 어울려 놀지 않습니다. 대신 마당에 앉아 매일 그날이 그날인 것 같은 언덕 아래의 풍경들을 보면서 소일합니다.

구불거리며 길게 이어진 검은 돌담, 그 돌담을 따라 동시를 지나 하원으로 이어진 길, 무언가를 잔뜩 짊어지고 일하러 가고 오는 남자 여자 동네 사람들, 구르마가 지나가기도 하고, 소를 몰고 아이가 지나가기도 하고, 아직은 흔치 않은 경운기도 탈탈 거리며 지나가기도 합니다.

양쪽으로는 점점 넓어져 가는 귤 밭과 유채나 보리나 고구마 등이 번갈아 가며 심어지는 밭들과, 비가 오면 철철 넘쳐흐르던, 길을 가로 지른 내창(건천)이 있습니다.

지금은 그림으로조차 남지 않은 이런 풍경들을 눈에 새기듯 꼼짝 않고 보는 소녀에게 드라마 같은 이야기가 숨겨져 있을 거라는 생각을 하는 즈음.

시골에서 흔히 볼 수 없는 크고 검은 자동차가 내가 있는 앞 동산을 지나 마을의 그 끝집에 가서 멈췄습니다. 그늘에 앉아 놀던 아이들과 어르신들의 눈길이 그 자동차를 쫓아 갑니다. 자동차에선 크고 건장한 사내 한명과 작고 야윈 중늙은이 한명, 그리고 화려한 옷으로 치장한 중년의 여자와 늙은 여자가 내립니다. 그들은 주저하지 않고 대문을 지나 안으로 들어갑니다. 한 번도 본적은 없는 사람들인데 여기가 처음은 아닌 듯합니다.

아이들이 차 주변으로 모여 들었는데 곧이어 집안에서 나는 소란에 놀라 차에서 멀리 떨어집니다. 집안에서부터 살림살이가 마당으로 내 팽개쳐지고 그 집 남자가 마당으로 구르듯이 내려와 주저앉습니다. 뒤이어 그의 아내와 아이도 가장 옆으로 쓰러지듯이 다가와 팔을 부여잡습니다. 놀라고 두려운 모습이 바들바들 떨리는 게 보입니다. 담 옆에서 그것을 지켜보던 아이 하나가 앞동산으로 달려와 어른들에게 얘기를 하고, 어른들 중에 가장 젊은 사람이 마을 회관으로 갑니다.

동시로 내려가는 마을의 끝, 언덕의 가장자리에 있는 그 곳은 집이 앉은 자리만 평평하게 땅을 골라 집이 들어있습니다. 마당은 언덕의 경사를 따라 그대로 둬서 앞의 전망이 탁 트였고 왼쪽으로는 대문이 오른 쪽으로는 작은 창고와 과수원이 있습니다. 마당의 끝은 심하게 경사가 지다가 절벽처럼 뚝 깎였습니다. 그래선지 측백나무를 가지런히 심어 위험을 방지하게 되어 있지요. 그렇게 경사진 마당에 일가족이 무릎을 꿇리듯 바들거리며 앉았고 건장한 남자가 주먹을 휘둘러 가며 위협을 하고 있습니다. 여자들은 아직도 안에서 밖을 향해 세간들을 패대기치고 있습니다. 중늙은이 작은 남자는 마당을 왔다 갔다 하며 손가락으로 한 쪽 코를 막고 팽하고 코를 풀다가 카악카악 거리며 가래침을 긁어모아 뱉는 등 지저분한 짓은 다합니다.

어르신들과 함께 청년들 몇이 마당으로 들어섭니다. 집안의 상황을 보더니 '이는 남의 일이다' 하고 그냥 넘어갈 일은 아닌 듯싶었습니다.

"당신들 뭐요? 뭔데 남의 동네 와서 소란이야?" 청년 하나가 먼저 나섰습니다. 다른 청년이 마당에 주저앉은 가족들을 일으

킵니다.

"그러는 당신은 뭐요? 남의 일에 참견하지 말고 꺼져!" 건장한 남자가 눈을 부라립니다.

"무싱거? 이게 어떵 늠의 일이라? 우리 동네 들어 왕 살민 우리 동네 사„인디?"어르신이 한마디 합니다. 갑자기 쏟아진 사투리에 어안이 벙벙하던 청년이 대략 말의 뜻을 짐작하고는.

"허~ 우리 동네 사람? 그럼 우~리 동네 사람인 당신이 이 사람들 문제를 해결해 주겠네?"남자가 허리에 손을 짚고 부라리던 눈을 그대로 어른을 내려 봅니다.

"뭐어? 이런, 위아래도 없는 상것 같으니" 어르신의 핏대가 올라가려하자 다른 어르신이 끼어들었습니다. 그리고는 표준어적인 사투리로.

"여보시게 무슨 일인지는 모르겠으나 사람을 영 허민 어떵헙니까요. 애도 있는디, 저 놀랜거 좀 봅서. 말로 하면 될 것을!" 그러고는 집안을 향해 소리칩니다.

"이봅서 아주망들 늠의 살림 그만 부수고 이리 나옵서."

밭에 갔다 오던 사람들이 이 집에서 들리는 큰 소리에 무슨 일인가 들여다보다가 동네 어르신들과 청년들이 있자 마당 안으로 들어옵니다. 뜻하지 않게 동네 사람들이 몰려들자 이 집 주인이나 집 주인을 닦달하던 사람이나 모두 당황합니다.

이 집 사람들이 여기 들어 온 것은 거의 반년이 다 되갑니다. 이사짐 들어오는 것도 못 봤는데 어느 날 갑자기 불쑥 나타난 것처럼 이 사람들이 보였습니다. 남자조차도 농사일을 해 본적이 없을 것 같은데 여자는 방금 tv연속극 속에서 빠져 나온 것 같습니다. 등까지 내려오는 웨이브 진 검은 머리, 티 하나 없이 맑고 하얀 피부는 햇빛 한 번 받아보지 않은 것처럼 창백합니다. 이 여자가 아이 손을 잡고 앞동산을 지나가면 거기서 놀던 어른과 아이들의 눈이 그들을 따라가곤 했습니다. 보는 사람 모두 생각과 느낌이 다르겠지만 여기와는 어울리지 않는, 너무 예쁘고 아름다운 모습이 이질적입니다. 그렇기도 하거니와 이 사람들은 여기 동네 사람들과 어울리려 하지 않습니다. 마치 여행 온 것처럼 그래서 며칠 있다 갈 것처럼 사람들과 마주쳐도 눈도 맞추지 않는군요. 무슨 사정이 있어 여기까지 와서 사는 것 같긴 한데, 그런데 그들은 뭔지 모르게 선을 긋는 느낌입니다. 처음이라 어색해서 그런 것이 아닌 '내가 어떻게 당신네 같은 사람들과 어울리겠나.' 하는 거만함. 그러거나 말거나 사람들은 그냥 저냥 상관 않고 지냅니다.

그랬던 사람들이 지금 마당에서, 자기네가 은근히 내리 봤던 사람들 앞에서 수모를 당하고 있습니다.

"여기 이것들이 뭔짓 했는지 당신들이 아요? 이 사람 때문에 풍비박산난 가정이 몇인지나 알고 편역 드는 거냐고?" 여전히 젊은 남자가 팔을 휘두르며 언성을 높입니다. 마을 사람들은 그 기세가 험악해서 얼굴을 찌푸리는데 어느새 마당으로 내려선 중년의 여자가

"감히 내 돈을 때먹고 사라져? 왜 더 꽁꽁 숨지? 잡것들!" 하자 이 집 주인은 마을 사람들이 둘러 싼 가운데서 아내와 아이

를 뒤로 밀어 숨기며 얼굴도 들지 못합니다. 아무 소리도 못 합니다.

여태까지 별 간섭 안하던 중 늙으니 작은 남자가 마을 사람들을 헤집고 이 집 주인 옆으로 오더니 얼음장처럼 차고 조용한 목소리로 말합니다.

"니들이 땅을 파고 들어가 숨어봐라, 우리가 못 찾나, 또 보자구." 그 소리에 옆에서 듣던 마을 사람들도 같이 얼어 붙었습니다.

이 마을은 타지(육지)에서 이주해 온 사람들이 거의 없는 곳입니다. 대부분 조상 때부터 깊게 뿌리 내린 나무처럼 몇 백, 몇 수십 년씩 대대로 이어져 오며 살고 있지요. 이들에게 이곳은 흔들림 없는 터전입니다. 떠났다가도 언제든 돌아오면 쉼을 얻을 수 있을 것 같고, 사람들은 서로 유기체처럼 연결 되어 있어 요즘의 시선으로 보면 참으로 안정감을 주는 그런 곳입니다. 그런데 유독 동시로 가는 마을의 끝집인 이곳만은 수시로 사람이 바뀝니다. 그것도 섬에서와는 다른 사투리나 표준어를 쓰는 사람들이 통째로 짐을 싣고 왔다가 또 그대로 떠나곤 했지요. 그래서 사람들은 어느 순간부터 그냥 그런가보다 하기 시작했습니다.

"저 집에 새로운 사람이 들어왔네."

"이번엔 어디 사람인고?"

"지들이 알아서 유배 왔다 지들이 알아서 떠나니…참!"

마을 사람들이 보기엔 몇 개월, 혹은 몇 년 안 살고 떠나는 사람들이 마치 유배 왔다가 유배가 풀리면 미련 없이 떠나는 사람들처럼 보였습니다. 하기야 이 섬 자체가 원래 천형의 유배지였기도 하구요. 이젠 누가 강제로 유배를 보내는 사람은 없지만 대신 스스로 유배 오는 사람들이 생겼습니다. 사업 하다 망해서, 거지같아져서 거의 맨 몸으로 도망치듯 섬의 이 시골로 숨어듭니다. 그러다 형편이 풀리면 스스로 유배를 풀어 이곳을 떠나지요. 그러니 그런 사람들은 굳이 이 마을 사람들과 섞여서 살려 하지 않습니다. 딱 필요한 것만큼만 소통을 하다 없어지지요. 이게 70년대 후반 80년대 초까지 상황이었습니다. 지금은 모두 알다시피 섬에 땅 한 뙈기라도 사 놓지 못해 안달이고요.

어쨌든 마을사람들은 이 집 식구들을 안정시키느라 애쓰고 있습니다. 그래서 이 집 사람은 굳이 말하고 싶지 않았지만 마을 사람들한테 들킨 이상 이곳에 온 경위도 말을 안 할 수가 없습니다.

"눔의 집안도 여럿 절딴 냈다면서?"

"아닙니다, 아니에요. 아까 그 사람들은 사채업자입니다. 그 사람들이 돈 받아내려고 거짓말 하는 거예요. 하던 일이 잘못 돼서… 잘못될 일이 아닌데 이상하게 꼬여서, 어쨌든 싹 다 털어서 대부분 다 해결 했고 일하던 사람들한테 밀린 것 없이 하고 왔다고요. 다 털고 빈손으로 내려왔습니다. 그런데 사채까지는…"믿어지진 않는지 질문하는 어르신이 고개를 갸우뚱 합니다. 그래도 그렇다니 뭐.

"그럼 여기서의 생활은? 일도 안 하던데…"

"간간히 처갓집에서…"

그들은 서울에서 나고 자란 서울 토박이였습니다. 사업하다 망해서 더 해볼 여지가 없어서 일단 여기로 온 것이었습니다. 서울에 있는 가족과 지인들을 통해 제기해 보려고 지금 무진 애를 쓰고 있다하니 어르신이 가장의 어깨를 토닥입니다.

" 경 애썸시민 나아질테주. 정 안되믄 여기도 사람 사는 곳이 난…. "

"맞수다. 저기 법린이네 밧그레 살던 동진이네도 처음엔 영 했주 마씸. 사람이 딴 무음 안 먹엉 일념으로 살당보난 떡허니 자리잡앙 잘 사는 것 봅서. 이 집도 아직 젊으난 얼마든지 눔들 만큼 살아집니다."

"게메, 너무 걱정 맙서, 살암시민 어떻든 살아지게 되어 이수 다." 청년이 거듭니다. 사람들의 위로에 이 집 가장과 아내는 고맙고 민망해 합니다.

사람의 인생은 정말 변화무쌍한 반전의 연속입니다. 잘 나가나 싶으면 곤두박질치고 이제 완전 밑바닥인가 싶으면 어느새 조금씩 나아져 가고 있기도 하고, 그렇지만 그러한 과정 중에 또 수많은 변수들이 생기기도 합니다.

어른들이 한참 토닥이고 난 며칠 후 그들은 별 인사 없이 마을을 떠났습니다. 그들이 어디로 갔는지, 일은 해결 되서 갔는지는 아무도 모릅니다. 앞동산 내 그늘 밑에 앉은 어르신들의 짐작만 난무한 얘기들이 오고갑니다. 그리고 또 며칠 후 거기에 새로운 가족들이 이사 왔습니다. 아들 두 형제를 둔 중년의 부부입니다. 자기네들끼리 하는 말을 들어보니 질펀한 전라도 사투리 같습니다. 마을 사람들과 딱히 인사 할 것은 없다고 생각했는지 그냥저냥 자기네들끼리 잘 삽니다.

소녀에게 드라마 같은 이야기가 숨겨져 있을 거라는 내 상상과는 달리 전혀 엉뚱한 일에 허무해졌습니다. 할 수만 있다면 나도 언덕 위의 저런 하얀 집 마당에 우뚝 서고 싶다는 꿈을 꾸게 하는 집인데. 무척이나 낭만적으로 보이는 그 집에는 그 후에도 도저히 어울리지 않는 사람들이 수시로 들고 났습니다.

순덕이가
돌아왔다

하룻밤 사이에 순덕이네 가족이 모두 사라졌습니다. 낡은 집 (이용악의 시)의 식구들처럼 집기와 살림살이만 대충 챙기고 늙은 똥개인 순덕이마저 데리고 어디론가 가버렸습니다.

밤사이 아무 소리도 듣지 못했다며 옆집에 사는 늙은 홀아비가 울고 있네요. 친척 간이던 그들은 담 하나를 사이에 두고 살지만 큰 도움은 안 됐을 터, 그래도 피붙이 하나 옆에 있으면 마음은 든든한 법입니다. 각시와 멀쩡한 아들은 일찌감치 도망가버리고 모자란 아들과 동네일을 해주며 사는 홀아비는 이제 앞

일이 감감합니다. 담에 기대어 빈 집을 바라보며 헝헝 울기만 할 뿐입니다.

소문이 삽시간에 빠르게 동네로 퍼집니다. 사람들이 몰려왔습니다. 윗동네와 알(下)동네에서도 몰려오고 서(西)동네에서도 몰려와 다 같이 발을 동동 굴립니다. 영애어머니와 앞집 옆집 삼춘들도 모두 그 집으로 몰려갔습니다. 아이들도 몰려갑니다. 동네에 몇 안 남은 낡고 초라한 집, 초가집인 그곳은 휑하니 비어서 쓸쓸하다 못해 비애감마저 듭니다. 급하게 가느라 치우지 못한 세간들이 마당에서 웅성거리며 제 주인들을 욕하는 소리를 듣고 있네요..

"순덕아~"

"순덕아~" 어머니를 쫓아 온 영애가 혹시나 하고 순덕이를 불러봅니다. 하지만 어디에서도 순덕이는 나오지 않습니다.

"진짜 순덕이도 같이 데령 가분 모양이네." 영애와 아이들은 금세 시무룩해졌습니다.

식구들과 같이 없어진 순덕이는 주인인 준영이와 함께 동네 아이들의 친구이기도 합니다. 특히 강아지라면 깜빡 죽는 영애가 저를 이뻐하는 줄을 잘 아는지라 영애하고도 제 주인처럼 잘 붙어 다닙니다. 그래서인지 순덕이는 종종 영애네 강아지인 것 같기도 합니다.

'대추나무에 연 걸리듯이'

어른들끼리 모은 곗돈은 물론, 아이들의 새배 돈 모은 것까지 모두 들고 튀었다네요. 들고 튀었다기 보단 그냥 갚지 않은 채 사라진 것입니다. 갚을 능력이 이제는 도저히 없다고 생각된 것인지. 아니면 다른 이유인지. 다른 것이야 어찌됐든 돈을 돌려받지 못한 사람들한테는 그것이 가장 큰 문제입니다. 설령 돈을 받지 못하더라도 사람이 눈앞에 있으면 안심은 되는데.

우리 동(東)동네는 물론 저 아래와 윗동네에서까지 돈 빌려주지 않은 사람이 드문 모양입니다. 모두가 우왕좌왕, 설왕설래 하며 웅성대기만 할 뿐, 이 조그만 마을에서 이런 일은 처음이라 다들 어찌 할 바를 몰라 의견만 분분합니다.

"경찰에 신고해야 되지 아느카?"

"어떻…, 이런 일로."

"좀, 기다려 봐사지. 연락이 올지도 모르난."

"경허당 영 안오민?"

"……."

그런데 어떻게 그 많은 사람들이 하나같이 믿고 돈을 빌려줬을까요.

당시는 아무리 급해도 시골농민들에게 대출해주는 은행권은 없었습니다. 마을 사람들끼리 서로가 서로에게 급전을 빌려주고 이자를 붙여서 받곤 했지요. 가난한 사람들은 늘 돈을 빌리기 바쁘고, 있는 사람들은 이자를 듬뿍 쳐서 돈을 불렸습니다. 우리도 늘 돈을 빌리는 축에 껴서 일 년 간 돈을 빌려 쓰면 거의 4부 이자를 붙여서 갚아야 했지요. 때론 원금을 갚지 못하고 이자만 갚기도 했는데, 여의치 않으면 다른 데서 빌려서 갚아야 했습니다. 요즘으로 치면 카드 돌려 막기와 비슷하지요.

순덕이네가 처음부터 이렇게 어려웠던 집은 아니었습니다. 순덕이가 처음 왔을 때 (그게 벌써 6년 전이지만)만 해도 순덕이네는 다른 집들과 그리 다르지 않았습니다. 오히려 남의 집보다 좀 더 나았지요. 순덕이가 집 지킴이로 이 집에 들어올 무렵부터 준영의 아버지는 일본에서 꼬박꼬박 돈을 부쳤습니다. 순덕이는 그러니까 돈 벌러 일본으로 간 준영 아버지대신 든든한 보호자로 들어온 것이었거든요.

순덕이는 아무래도 삽살개나 다른 어떤 것과 잡종인 것 같습니다. 다른 개들보다 체구가 작은데다 곱슬 거리는 털에 윤기가 좌르르 흐릅니다. 게다가 영리하기까지 했으니. 시골 똥개 이름이라야 검둥이 아니면 백구나 누렁이 일색인데 반해 준영의 어머니는 처음부터 녀석한테 사람이름을 붙여주었습니다. 순덕이를 또 하나의 식구, 막내 자식으로 받아들인 것이지요. 그 옛날 시골구석에선 어느 누구도 강아지를 반려견으로 삼아 식구처럼 사는 집은 흔치 않았습니다.

녀석은 이름처럼 순하고 착합니다. 맘에 드는 사람 앞에서는 발라당 뒤집어 누워 복종을 표시한 다음 얼굴을 부비며 무한 애정을 표시합니다. 꼬리치며 착 달라붙고는 마치 말이라도 하는 양 애교를 부리면 제 주인뿐만 아니라 동네 아이들도 깜빡 넘어갑니다. 이러니 순덕이는 어느 새 동네 개구쟁이들의 둘도 없는 친구가 돼서 같이 나이를 먹어갔습니다. 그런데 그 아이가 사라진 것입니다. 어른들한테는 사라진 어른이 궁금하지만, 영애와 아이들에게는 오직 준영이와 순덕이가 궁금할 뿐입니다. 같이 사라진 자신들의 세뱃돈도 그 다음이었습니다.

"어디로 가신고?"

준영이 아버지 말고도 우리 마을에는 일본으로 돈을 벌러 가거나 갔다 온 사람들이 종종 있습니다. 그들은 일본에 있는 친인척을 통해 들어가서 일을 하거나 기술을 배워 눌러 앉고는 버는 족족 가족들에게 돈을 보냅니다. 환율 차이가 커서 보내오는 돈을 알뜰히 모으면 밭 한 떼기씩 사는 건 금방이었지요.

당시 섬 이곳저곳에서는 고향을 떠나 일본에서 성공한 교포들이 자신의 고향을 위해 거금을 쾌척하거나 다른 방법으로 돕는 일이 종종 있었습니다. 우리 마을도 예외는 아닙니다.

서귀포 쪽에서도 서쪽 산 중간에 있는 우리 마을은 밭농사에서 점차 과수원으로 바뀌어 가고 있을 때입니다. 그때, 중소기업이라 할 만큼 큰 귤 농장(교포가 우리 마을에 있는 동생을 통해 운영하는)을 통해 일본에서 귤 묘목들이 들어왔습니다. 개인적으로 묘목을 구해 이미 과수원을 운영하는 사람들도 많았지만 그렇지 못한 사람들에게 그 묘목은 귤 농사를 지을 수 있는 중요한 계기가 되었지요.

이렇게 저렇게 해서 일본에서의 노동이나 자본, 또는 기술과 연결되어 있는 집은 다른 어느 집보다 빠르게 경제적 안정을 찾았습니다. 그런데 순덕이네는 왜 더 나빠졌는지.

이웃이지만 그래도 사정을 다 알지는 못하고 추측만 난무 할 뿐입니다.

그날 순덕이네 집 담장으로 모여든 사람들은 여러 가지로 대책을 의논했지만 결국 아무 조치도 취하지 않기로 했습니다. 오죽했으면 그랬을까 싶기도 하고, 그 심정은 또 어떠랴하는 등, 너그러운 마음을 보이는 면이 없지 않았지요. 하지만 사실, 모아놓으면 크다 할 돈이 각각 개인적으로는 그렇게 크게, 살림이 휘청거리게 띠이진 않은 것이기도 해서입니다. 또 혹시나 돌아오면 좋겠고 하는 마음도 있고.

대략 석 달 정도 시간이 지난 후 언제 그랬냐는 듯 그들은 떠날 때처럼 밤에 돌아왔습니다. 그게 그러니까 한창 더운 여름 방학 끝 무렵이네요.

더위를 피해 아침 일찍 과수원에 다녀 온 영애어머니가 아버지한테 순덕이네 얘기를 합니다. 과수원 가다 보니 그 집에 순덕이네 식구들이 와 있더라고. 영애가 한 달음에 순덕이네 집으로 달려갔습니다. 마당으로 채 들어서기도 전에 영애 발자국을 알아들은 순덕이가 먼저 짖으며 가슴팍으로 달려듭니다.

그렇게 순덕이가 돌아왔습니다.

섬은 우리에게 무엇일까요?

야, 니네 동네 왜 그러니?

섬에서 올라오는 소식들마다 참담한 것들로 이어지자 이곳에 있는 친구들이 한 소리씩 한다.

'무서워서 어디 놀러 가겠냐. 그르게 온통 중국말만 들린다며. 무비자 입국이니까 아무나 다 오는 거지. 근데 왜 다 중국 사람들만 올까. 무비자면 다른 나라 사람들도 오기 좋을 텐데. 가까우니까 그렇지 싸고. 일본 사람들한테도 가깝잖아. 그 사람들도 오긴 오지, 근데 중국 사람들이 워낙 많다 보니. 그르게, 근데 땅을 왜 죄다 판대니. 땅 다 팔고 나면 어쩌려고. 다 팔아치워서 이제 우리 땅이라고 할 수 없는 지경이 되어 가는 거 아냐. 나도 좀 사둘걸!'

나는 아무소리 안하는데 저희들끼리 말이 많다. 내가 섬 출신임을 알고 나서 부터는 그곳 소식이 들릴 때마다, 혹은 그쪽으로 여행 계획이 있을 때마다, 아니면 저렴하게 땅을 살 수 있지 않을까 하는 생각이 날 때마다 으레 한 번씩 나를 찾지만 나는 '게메마씸, 혹은 뭐엥 7람수광?' 하는 표정으로 일관할 뿐이다.

섬에 대한 정보는 나보다 인터넷 검색이 훨씬 더 빠르고 많다.

제주는 삼다(三多) 삼무(三無)와 함께 삼려(三麗), 삼보(三寶)의 보물섬이다.

삼다 삼무는 익히 알고 있지만 삼려 삼보가 무엇인지 모르는 사람들은 많다. 직접 가서 보고 즐기고 소비하면서도 말이다. 제주의 보물은 사람에 따라 다르게 보는 사람도 있지만 대체로 사시사철 최고의 감탄사를 자아내게 하는 자연절경과 원주민들의 인심, 바다와 중산간의 자원을 바탕으로 한 다양하고 특이한 산업구조에 있다. 거기다 의식주, 신앙, 세시풍습 등의 개성적이고 독특한 제주의 전통 민속과 고어(제주어), 서사무가로 전승되어 알려지기 시작한 신화(다른 지역에서는 흔히 볼 수 없는 창세신화도 있다.)와 전설, 민요 등의 풍부한 문화자원이다. 이 모든 것들은 어디에서도 가져 올 수 없고 가져 갈 수도 없는 제주만의 자원이다. 이렇듯 풍부하고 다양한 자원을 가진 제주는 분명 우리 모두의 보물섬이라 할 만하다.

그런데 사람들은 종종 지금의 제주를 보며 삼다 삼무를 바꿔야 한다고 비아냥댄다. 비아냥대는 그들을 향해 나도 한마디 묻고 싶다. 제주가 그렇게 변해가는 것이 오직 제주인만의 책

임인가. 비아냥대는 당신은 그 책임에서 자유로운가.

동네 사람들의 수많은 사연을 간직한 오래된 팽나무는 베어
졌다. 그에 따라 나뭇잎 하나하나에 새겨졌을 우리의 소란스런
역사도 뒤안길로 사라졌다.

그런데, 오래도록 우리와 같이 했지만 한 그루의 나무에 지
나지 않는 그 팽나무가 베어질 때, 마음 아픈 어느 한 사람이라
도 있었을까. 아니 그 팽나무에 대해 의미를 부여해 본 사람이
나마 있을까.

모든 것이 그렇다. 의미를 부여하지 않으면 그 어떤 것도 나
에게는 중요하지 않은 법이다. 내게 의미가 있는 거라면 돌멩
이 하나 풀 한포기도 소중하지만 그렇지 않으면 어떤 값진 것
도 그 가치를 생각하지 않게 된다. 그것이 지금 나를 살아있게
하는 공기일지라도.

이 글을 써 가는 동안 나에게 제주는 어떤 의미일까를 생각
해봤다. 나를 낳고 키운, 원시적인 아름다움을 간직한 육덕 진
모습의 섬 그 너머의 의미는 무엇인지.

그리고 궁금하다. 도시의 삶을 버리고 섬으로 이민 간 사람
들, 그리고 한 순간이나마 힐링 하러 가는 사람들, 아니면 뭔가
즐길 거리를 찾아 가는 사람들에게 섬의 의미는 무엇일까. 그
리고 대대로 이어져 오며 섬을 떠나지 않은 채 살아가는 사람
들에게 섬의 의미는 무엇일까 하고.

그 의미에 따라 그들과 섬과의 관계는 달라지고 보듬는 손길
도 달라지리라.

귀하고 소중한 가치를 지닌 우리 모두의 섬, 그곳에 대한 얘기를 좀 더 깊이있고 재미있게 살려내지 못한 듯하여 아쉬움이 남습니다. 그럼에도 섬에서 지켜져야 할 것이 무엇인지 잠시라도 생각해보는 시간이 되었으면 하는 마음입니다.

제주의 마을에서 점점 사라져 가는 전통 문화에 대해 이야기하며 아쉬움을 나누던 벗들과 사시사철 사진을 찍어 보내준 벗들, 그리고 지금의 제주에서 일어나는 일들을 거침없이 이야기해준 지인들에게 감사하다.

아울러 이 글이 책으로 나오기까지 알게 모르게 도움주신 모든 분들께 진심으로 감사 인사를 올립니다.

감사합니다.